Voyager

ボイジャー

虐待サバイバー、救済の物語

吉野かぁこ／マツバラ・ハジメ

花伝社

Voyager——虐待サバイバー、救済の物語◆目次

プロローグ

700kmの電話　7
ボイジャーより告ぐ（メイ）　12
ボイジャーへ、こちら……（鳥紅庵）　13

第1章　この絵を君に

この絵を君に（メイ）　16
ある画家へのインタビュー（鳥紅庵）　21
バックナンバー（メイ）　25
夜の虹（鳥紅庵）　29
いつでも会える（メイ）　31

第2章　ふたりの小瓶

ふたりの小瓶（メイ）　38
その人の小瓶（鳥紅庵）　44
Aへ（メイ）　49

第3章　美容師ローラン・ベルディ

美容師ローラン・ベルディ（メイ）　52
闇の声（鳥紅庵）　56
Punisher（メイ）　58
バルビエーレ・ローラン（鳥紅庵）　62

第4章　先生、あのね

先生、あのね（メイ）　70
ウィスキー・キャット（鳥紅庵）　75
もしもあなたが手紙を読めたなら（メイ）　79
猫の帰る場所（鳥紅庵）　83
番外編　儂があんな服を着ていた頃（鳥紅庵）　89

第5章　0の街に行けば

0の街に行けば（メイ）　96
ZERO（鳥紅庵）　101

Scene_0（メイ） 112
夜間飛行（鳥紅庵） 118
眼—姿のない一対の（メイ） 127
ブラック・ドッグ（鳥紅庵） 130

第6章　ケモノノプライド

ケモノノプライド（メイ） 144
Riding High（鳥紅庵） 149
ifの里（メイ） 154
我が名はΓ（鳥紅庵） 162
それを狂っていると誰が言える（メイ） 166
狂おしき血（鳥紅庵） 171
血の分身（メイ） 183
天使の罪を問うな（鳥紅庵） 190
あなたを満たすもの（メイ） 196
Everyday is a Winding Road（鳥紅庵） 201

第7章　周波数の森

周波数の森（メイ） 208
周波数の海（鳥紅庵） 212
the voice of your heart（メイ） 216

第8章　秘密基地へようこそ

秘密基地へようこそ（メイ）　232
路地裏の不動産屋に行ってごらん（鳥紅庵）　236
金ぴかステッカー（メイ）　240
コータと秘密の暗号（鳥紅庵）　245
あなたが釣りをするときに（メイ）　254
クラウド・データ（鳥紅庵）　259
ボクはここにいる（メイ）　267
食堂招き猫（鳥紅庵）　274

エピローグ

星空の旅人（鳥紅庵）　279

あとがきに代えて

シフォンスカート・ララバイ　281

プロローグ

700㎞の電話

深夜。時計の針が今日の境界線を越えるころ、私は祈るような気持ちで電話をかけていた。仕事部屋の灯りを極限まで落とし、ワークチェアの上で膝を抱えながら相手が出るのを待つ。

700㎞。それが私とあの人との距離だった。

＊

フリーライターをはじめて10年になる。

地方移住、狩猟、カルチャー関係、カラスなど、興味をひかれるものは何でも書いてきたが、そのひとつに児童虐待があった。

それは、私の過去そのものだった。

家の中は秘密の監獄だった。母は日常のささいな理由で私を殴り、ねじ伏せ、一挙一動を監視しコントロールしようとした。そして、抜け殻になった私を抱きしめ「ママのほうが辛いのよ」と泣いた。

父や弟、近所の人、学校の先生、友だち。誰も気づかない。世界は自分ひとりの暗い穴だと思った。

幼いころは母の地雷がどこにあるのかを探りながら過ごし、10代になるとそれが面倒ですべての地雷をわざと踏んで歩くようになった。家が荒れたのは私のせいだ。

社会的に許されないとされる、いくつかのこともした。自分は穢れている、欠陥品だ。本当の姿を知ったら、みんな私から離れていくと思った。両親は不器用ながらに精一杯愛してくれたのだと、今になれば思う。家族にはいい思い出もたくさんあった。だから、憎もうとすると愛しさもこみあげて余計に苦しかった。その苦しみが、私の血を濁した。

腐った血を隠しながら、みんなの前で笑っている私は醜い。醜いならば、醜いなりの生活をしようと思った。成人を過ぎてから、スカートを履かない時期が10年くらいあった。


社会人になり、暴力シーンのあるテレビドラマを見ると妙に興奮したり、奇声を上げて包丁で自分を刺したくなったりした。虐待には後遺症があると知り、その謎を解き明かすために虐待の経験者に取材を始めた。私はいつも、聞く側の人間だった。

取材対象に深く入り込むことで、自分の生乾きの傷も、再び割けて血を流した。そんなとき傍にいてくれたのが、その人だった。離れた土地に住んでいるから、電話だったりオンラインだったりしたけど。学者の彼が話す、生きものや歴史の世界で起きるできごとは、いつも私を哀しみの外側に連れだしてくれた。

彼は個人的に、日常でふと心に留まった風景を文章で書き溜めていた。ことばのスケッチだ。ラーメン屋での人情劇、月の光を浴びて怪しく光る博物館の机。ときには創作も混じる。謎の老教授が書き物をしたり、サルの骨格標本が本棚の上を駆け回って遊ぶ。彼の茶目っ気のある優しい〝いたずら〃は、現実に新しい解釈を与えてくれるように思えた。

彼は「きみの放つことばが好きだ」と言ってくれた。私も同じだった。

一緒に駄洒落のようなことば遊びもよくした。遠く離れた距離をつないでいた糸は、ことばだった。


そんなときだった。自分の実体験――虐待の癒えない傷をブログに綴るようになったのは。

ブログを読んだ別の知人は、「過去のあなたが救われたらいいのに。でも時間はさかのぼれない」と言った。

私は、「だったら、あの人ならさかのぼれるんじゃないか」と思った。

過去に起こってしまった暴力や、すれ違いという現実は消せない。だけど、私が経験した事実にあの人が物語を継ぎ足して、新しい解釈を生み出すことができたら――。記憶が塗り替えられる。今の私は救われるんじゃないか。

そのひらめきに胸が躍るとともに、なんて身勝手な計画だと震えた。自分が苦しみから解放されたいがために、他の誰かを巻き込むのだから。

だから、誘うのは一度きりにしようと決めた。もし、彼が興味を持ってくれることがあれば、これまでの駄洒落のように遊びのつもりでやってみるのもいい。そして彼がイヤだと言ったら――ザッツ・オール、それまでだ。

＊

何度かコールを鳴らして、その人は電話に出た。

「もしもーし。こんばんはぁ」

少しろれつが回っていない。雑踏の音がする。きっと行きつけのバーで楽しく飲んでいたのだろう。さまざまな国籍の人が集まる憩いの場で、そこで出会った人の話もよく教えてくれた。

「あの、ね――」
二、三言の世間話のあとで、私はおずおずと切り出した。
「突然のヘンな誘いで、嫌だったら断ってもらって全然かまわないんだけど」

「ん?」

私が話したそうな素振りをするとき、彼は全力で耳を傾けてくれる。口調が地に足の着いたものに変わり、カチッとスイッチの切り替わる音が聞こえた気がした。

「もしよかったら、私とちょっと、ことば遊びをしてみませんか?」

「え、いいですけど。どんな?」

私はかいつまんで、思いついた計画を伝えた。

「私が経験した〈現実〉をあなたが描く〈物語〉で救ってほしいんです」
1、2秒の沈黙が、何十倍にも感じられた。
ほう、と電話口で声が漏れた。直後
「面白そうですね。いいですよ、やりましょう」
こんな奇妙な誘いに即答で乗ってくれたのは、酔っぱらっていたせいか、もしくは私のことばから何かを感じ取ってくれたのか――。

いずれにしても、私と彼の旅がはじまった瞬間だった。

現実を物語の力で変えていく、行き先も見えない旅が。


ここから始まる旅――すべての章の1話目は、私の実体験だ。

今となっては事実の確固たる証明を得ることは難しい。関わった人たちにはできるだけ静かに暮らしてほしいという想いから、固有名詞も現実とは異なったものに変えている。だが、偽らざる記憶の情景であることは確かだ。この情景を彼が物語として引き継ぎ、それを受けて、私の心の風景がどう変わったのかをさらなる物語として継ぎ足していく。

旅は身軽なほうがいい。

私は物語の中で、今の名前を一度捨て、新しい名前を使おうと思う。

メイ。英語で可能性を示す「もしかしたら」のMaybe。迷いの迷。そして新緑の5月、希望の季節を指すMay。旅の足跡のように、署名として各話のはじめに記そう。

これは、そんな私たちが紡いだ旅の記録であり、物語である。

ボイジャーより告ぐ

メイ

1977年、地球から打ち上げられたNASAの無人宇宙探査機「ボイジャー」。日本語で「航海者」を意味するその宇宙機は、異星人に向けたメッセージとして黄金のレコードを搭載していたことで知られる。そのレコードには、地球の生命の成り立ちを示す図式やザトウクジラの声、55種類の言語の挨拶や民族音楽などが収められていた。たとえば、男と女から子孫が産まれ、命が繋がれていくというようなことも。

存在さえも不確かな相手に発する「わたしはここにいます」というメッセージ。解読されることを望む、果てしない旅。

――あなたへ。わたしもあなたという宇宙に向けて、小さな船に、わたしという星に起きた出来事を積み込みました。それは何も知らなかった女の子が母親から向けられた暴力であり、その傷がどう膿み、朽ちていったかという観察の記録。

「わたしが経験した〈現実〉をあなたが描く〈物語〉で救ってください」

そうお誘いしたことから、この往復書簡は始まりましたね。

一枚一枚のレコードに、あなたがどんな〈物語〉を返してくれるのか。それによって、レコードに刻まれた〈現実〉がどう変容していくのか。その果てを、あなたと共に眺めたいと思います。

馬鹿げているかな？　いいよね、それでも。

ボイジャーへ、こちら……

鳥紅庵

私は旅をしている。

それは1枚のレコードから始まった。宇宙探査機ボイジャーに積まれていたようなそれには、「メイ」と名乗る人の記憶の一コマが、そして痛みが収められている。

それは、「わたしはここにいます」という、宇宙に向けられた小さな声だ。その微かな声を、私は縁あって拾った。

「わたしが経験した〈現実〉をあなたが描く〈物語〉で救ってください」

それが声の望みだった。そう、現実は変えられない。だがその現実に対して物語を紡ぎ、ありえたかもしれない世界を描くことならできるかもしれない。

人は世界という物語を旅している。ならば、私もその旅に付き合うことにしよう。そして、新たな旅先をここに紡ごう。記憶や認識はリアルでありながら、解釈という形で物語性を帯びる。解釈も一つの物語ならば、ここに作られる新たな旅もまた物語。人は旅人であると同時に旅路を作るものでもある。

メイへの返事は、わかりやすい「癒し」を提供するものではない。そんな気休めは求めていないはずだ。だが、新たな風景の中に希望を残そう。そうして紡ぎ出した世界が果たして、孤独な宇宙のボイジャーに届くものかどうか、それはわからないが……。

私の本職は科学者だ。だが、ここでの私はただの語り手だ。無論、ここに記す物語は真摯なものであるが、サイエンスとは何の関係もなく、「科学的に正しい分析と解釈」などでないことは、最初にお断りしておく。

これは、物語なのだ。だから、私も別の自分、「鳥紅庵」を名乗ることにする。昔、トレヴァンという覆面作家がいた。彼をリスペクトしたもう一人の覆面作家が、トレヴェニアンだ。鳥紅庵はトレヴェニアンへのオマージュだ。好きな作家だという以外に大した意味はないが、ちょっとした洒落として、そう名乗ることにしよう。

旅は始まったばかりだ。メイの語る世界へ向けて私の旅も続く。私は帽子をかぶり、トランクを手にして歩き出した。

第1章

この絵を君に

この絵を君に

メイ

あのときは10代で、大人というのはまだ向こう側の存在だった。付き合い始めた彼は同学年で、宿題はするけど忘れ物はしないタイプで、白いセーターの似合う人だった。セーターからはいつもお日さまと洗剤の匂いがした。えくぼの似合う人だった。彼の家にもこっそり行った。小ぎれいなマンションの1階、整理整頓の行き届いた彼の部屋。私の引きこもる汚部屋とは大違いだと思ったが黙っていた。お母さんとお姉さんの話もよく聞いた。「穏やかで幸せな家庭」というものが、この世に実在することに感動を覚えた。お母さんが帰ってくる時間になると、申し訳なさそうな彼に急かされ、私はベランダの柵を乗り越えて一人で帰った。キャッツアイのようだと思った。

交際3年目。彼はみるみる痩せ細り、「精神科」というところに通い出した。はじめて聞く診療科目だった。お母さんが連れて行ってくれるそうだ。このころから新世紀エヴァンゲリオンというアニメに心酔するようになり、「主人公の碇シンジは僕だ」と繰り返すようになった。「これまで親の顔色を窺ってばかりのいい子だったから、そのせいで今がつらい」ということらしかった。彼は心の病として、当時ではまだ珍しかった病名を口にした。半年以上、その精神科とやらに通っても、彼のようすはよくなるどころか、かえって悪化しているように見えた。

その顔から笑顔が消えた。精神科医とエヴァンゲリオンのせいだと思った。しかし彼にはその二つがどうしても必要らしく、学校の帰り道でもそこで語られる言葉を引用し「だから仕方がないんだ」とひとり納得していた。精神科医とエヴァンゲリオンがいまいましかった。彼がエヴァンゲリオンを「エヴァ」と略して呼ぶようになったときは、咄嗟に耳をふさいだ。自分がまた一人になってしまう気がした。

私は絵を描くのが好きだった。

よく水彩色鉛筆を使った。色を重ねてから水を含ませた筆を滑らせて、色同士が溶け合っていくのをうっとり眺める。小さなスケッチブックだったけど、その時間だけは四角い世界の創造主になったような気分だった。家族の前で本音など語ったことはなかったが、絵の中の私はいつも饒舌だった。

「本当のことを言いなさい、そうしないとこうだよ」

と、母は腕を振り上げてみせる。しかし「本当のこと」を打ち明けても、それが彼女の意に沿うものでなければ、髪の毛をつかまれ何度も頬を張られるのだ。

状況を知ってか知らずか、ある時には父が「俺には正直な気持ちを言ってみろ」と接触してくる。だが母はそれを許さない。

「自分だけ気に入られようとして！」

そこからはテンプレートのように怒鳴り合いがはじまり、私の本音は宙ぶらりんになる。

「あんたのせいでいつもこうなるんだからね！」

台所から母の罵声が飛ぶ。

この人たちはいつも酒を飲んでいる。今は何を言っても火に油だ。

私は喉まで出ていた言葉を胸にしまう。言葉は胸の底で澱のようにたまり、別の形で発散されることを望んだ。それは時に絵になり、写真になり、詩になった。そうならなかった言葉は、身体の中で腐敗した。その辺のカッターで少し腕を切れば、傷口から腐敗臭があふれて、誰もが顔をしかめるだろう。知られてはならない。

新しいページをめくって、赤と緑の色鉛筆を取り出す。当時はまだあったネイチャー雑誌の『GEO』に、英国風の庭で絵を描いている女性の写真があった。柔らかい光の中で赤いバラが躍っていた。印象派の絵画のような、光に滲む赤い点々。

女性はすっかり景色に馴染んで、じっとキャンバスに向かっている。きっと静かな場所なんだろう。誰にも邪魔されない、穏やかな時間がただ流れている。

彼にこの風景を届けたいと思った。そこから3日ぐらい夢中で描いた。人のために、本気で絵を描きたいと思ったのははじめてだった。

テスト期間中だったのだろうか、少し早めの下校時間。
駄菓子屋のベンチで、何でもないような顔をしながら
「ちょっと描いてみたんだけどね」
とスケッチブックを取り出した。

相変わらず生気の抜けてしまった彼だったが、これで少しは元気が出るのではないか。あのころはまだ、ラブ・イズ・パワーみたいなものを信じていたのかもしれない。

祈るような気持ちで絵を開き、横の顔を盗み見る。

誉め言葉は期待しない。でも、少しでも彼が笑ってくれたら。ほっとした表情のひとつも見せてくれたら。その一瞬に賭けた。

しかし、彼がため息と共に吐き出したのは、予想外の一言だった。

「哀しい……絵だね」

それっきり。まったく違う話をはじめた。

届かなかった。砕け散った。

絵を見る解釈なんて人それぞれだということは、冷静に考えればわかる。だが、あのときはそう思えなかった。

きっと私の腐敗が、絵から漏れ出てしまったのだ。

穢れた人間には、穢れたものしか生みだせないのかもしれない。自分の絵で人を癒せるなんて、思い上がりもはなはだしい。それに、彼が欲していたのは気休めの絵なんかじゃない。必要なのは、分析と解釈、そしてもっと分かりやすい慰めの言葉だったのだ。

駅に向かって住宅街を歩きながら、いくつかの会話のやり取りがあった。内容はあまり覚えていない。確かなのは、彼の期待する答えをひとつも返してあげられなかったということだ。

無力だ。アスファルトの上で膝の力が抜けて、そのましゃがみ込んだ。嗚咽が止まらなかった。面倒になってそのまま大声で泣いた。

人目が気になったのか、罪悪感に耐えられなかったのか、彼はうつむいてそのまま歩き出した。夕日が差し込むと、人の影ってこんなに長くなるんだと思った。

待ってくれることは期待しなかった。一人になりたかった。全力で泣いたのは久しぶりで、少しだけ気持ちがよかった。

立ち上がって歩き出す。消防署に停めてあった消防車を見たら、エンブレムがベンツのマークだった。え、ベンツ？　お洒落な高級車のイメージと煤まみれの消防士のイメージが重ならず、しばらく呆けたように立ち止まっていた。

笑いが込み上げてくる。

あれだけ泣いて、ベンツかよ。

空が茜色に染まっている。乳白色の色鉛筆を重ねたら、雲がもっときれいに引き立つに違いない。

腫れたまぶたを風がなでていった。

ある画家へのインタビュー

鳥紅庵

私は絵を描いている。ここは自分だけの庭、決して他人が入ってこない場所だ。誰にも見せない、誰も招かない。

だって自分のためにあるのは、この庭だけだもの。

エリザベス・ワトソンは、プリマス近くに住む裕福な商人の次女だった。いささかお転婆ではあったが——弟と共に野原に遊びにゆき、カエルを捕まえるのが大好きだった——両親に愛されて育った彼女は、エクセターに屋敷を構える海軍軍人、サクストン卿に出会い、彼と婚約した。彼女は卿の力強い舵取りのもと、みなに祝福され、順風満帆な結婚生活に船出したかに見えた。

「そうね。あの頃は私も若かったから、全てがうまく行くと思っていたわ」

ポーチの椅子に座ったエリザベスは、午後のお茶を一口すすると、こう切り出した。

悲劇は矢継ぎ早に訪れた。まず、仲の良かった弟、トマスがダートムーアに遠乗り中に落馬し、これが原因で命を落とした。エリザベスは悲嘆にくれたが、さらなる悲しみの中にあったのは、後継をなくした父親のワトソン氏であった。そして、最も嘆き悲しみ、自らを責め苛み尽くした果てに心を壊してしまったのが、母親のワトソン夫人であった。遠乗りに行かせた自分を悔やみ、一人で行かせたワトソン氏を呪い、遠くに嫁いだ娘二人を罵倒した。ワトソン氏は決して不寛容な人物ではなかったが、ただでさえ悲しみの中にいる彼に、夫人の日毎の悪罵は耐えられなかった。彼は夫人を事実上監禁し、失意のうちに事業も半ば引退し、鬱々と館に閉じこもるようになった。

「あの時は、母をどうする気だろうと思っていました。私が会いに行った時も……そうね、普通ではなかったけれど、さらに酷くなったと聞いていたから。でもね、私はどこかで人ごとに思っていたのです。母が亡くなるまで、父が、あるいは姉が、面倒を見るだろうと」

1年とたたないうちに、ワトソン氏は急病にかかり、亡くなった。エリザベスの姉は夫が大陸に転勤になり、彼について行った。かくして、英国に残る親族はエリザベスのみとなった。

「主人はこころよく、母を引き受けてくれました。まあ、あそこまでとは思っていなかった、という方が正しいのだけれど」

サクストン卿はワトソン夫人の世話のために新たにメイドを雇い、しばらくはその生活はうまく行くかに思えた。だが、ワトソン夫人はすでに正気を失っていた。

「あの人はね、主人がトマスを殺して、遺産を独り占めにしようとしている、なんて言い出したんですよ。メイドが噂話をしているのを主人が聞きつけてしまってね」

最初のうちは、サクストン卿も寛大に接していた。だがそのような言動が度重なるにつれ、卿の態度は冷たく、荒々しいものになって行った。

「もう、私は何度、母を入院させようかと思いました。ですが…… そうね、嘘はやめましょう。世間体のせいも、なかったとは言わないわ。とにかく私たちはなんとか、母が穏やかに、家で暮らせるように努力はしたのです」

卿は家に帰らない日が増えた。帰ってきたとしても、その態度はよそよそしく、常にワトソン夫人のことでエリザベスと口論になった。時には酔って手をあげることさえあった。

その中で、ワトソン夫人は逆に、屋敷の中を徘徊するようになっていった。だが彼女はもはや、猜疑と妄想に満ちた悪鬼、と呼ぶ方がよかった。エリザベスは自分の家の中で、居場所を失っていった。

「だからですよ。私が絵を描き始めたのは。全てが狂い出したこの世界の中で、あの小さな庭だけが美しく、秩序だっていました。特に真っ赤なバラと、ドーセットの空になびくミルク色の雲が好きだったわ」

――それは、お宅にあった庭ですか？　それとも、どこかの庭園に？

「ふふふ、あれはね、私の心の中にあったのよ。心の中の庭に座って絵を描いている私、を頭に思い浮かべて描いたものなの」

――てっきり、このお屋敷のお庭なのだと思っていました。

「違うわ。そのうち戦争が始まってね、主人はあの海戦から戻らなかった。屋敷も爆撃で失ったわ。その時に母も、ね。この家は戦後に手に入れたものです。残ったのはあの絵だけよ」

――それはお気の毒です……。

「ありがとう、でも、どうなのかしらね。不実な夫と狂った母を抱えていたら、私はそのまま生きていけたのかしら。私も狂っていたかもしれないわね」

――するとあの絵は、懐かしい思い出の、ということに？

「そうね、そう言ってもいいわ。私の心に平穏をもたらしてくれたのは、あの庭だけだったのだから。でもどうかしら、そうやって心の中の庭に逃げ込むしかなかった私は、哀しいとも言えるのではなくて?」

——それはその通り、ですが。

「ふふふ。ごめんなさい。ちょっと意地悪だったわね。いい? 絵はね、私が思ったように描いたものなのよ。もう人の世話をするのはたくさん。それをどう受け取るかはその人に任せるわ。私が思ってもいなかったことをあなたが見て取ったなら、それはあなたが、本人も気づいていない真実を見抜いたのかもしれない。逆に、あなたがとんでもないボンクラで的外れなことを言っているだけなのかもしれない。どっちでもいいわ」

——では、ああやって描かれた数々の絵にも意味はない、と?

「絵の受け止め方は人それぞれなの。そうね、とんだ高望みだけれど、100年もしてから、どこかの辛い思いをしているお嬢さんが、あの絵を見て癒されてくれれば、それだけで満足かしらね」

——そのお嬢さんに何か言うとしたら?

「絵描きに言葉をつづらせるの? まあいいわ。人生なんてなんとかなるし、人の目なんてボンクラだから、あまり気にしないことね」

——ありがとうございました。最後に、最近、お気に入りのものは?

「そこに停めてある黄色いメルセデス・ベンツよ。この間買ったの(笑)」

(構成・インタビュー:『GEO』編集部)

バックナンバー

メイ

あまりにも暑くて、目の前の古本屋に飛び込んだ。

編集者と打ち合わせた帰り道だった。ああ涼しい。汗ばんだ首筋がキュッと引き締まるのがわかる。少しかび臭いような紙の匂いに包まれて、ふうっと肩の力が抜ける。今日はもうオフだ。たまには仕事と関係ない本でも漁ってみるか。

このあたりは海外からの観光客も目指してくるような古書店街で、美術や自然科学、芸能などあらゆるジャンルに特化した店が軒を連ねる。

この店はどうやら雑誌に強いみたい。まだ哲学的な特集をしていたころの『non-no』から、見たこともないミリタリー誌まで、あらゆる雑誌のバックナンバーが偏執的にそろっていて棚がヘンに整然として見える。店の奥で丸い背中がもそっと動いた。おじさん、これどうやって集めてるんだよ。

料理、歴史、ふんふん。美術——、おっとこれはナシだ。足早に通り過ぎる。あー『ＧＥＯ』！

懐かしい。これ気づいたら廃刊してたんだよね。

同時に胸がチクッと痛む。昔描いた絵のせいだ。

高校生のころ、恋人に贈りたかった絵。青臭い話だけどラブレターのつもりだったんだ。

誌面に載っていた英国風の庭。そこでキャンバスに向かう女性の写真をモチーフに、ありったけの想いを込めて色鉛筆を走らせた。

彼に平穏を取り戻してほしかった。でもあの絵が、逆に彼を傷つけてしまった気がして、あの日から画材は段ボールに封印してしまったんだ。

卒業したら絵画教室に通って、絵で人を幸せにする道を歩みたかった。でも結局、素材として撮っていた写真のほうが面白くなって、私はそういう方面の大学に進学した。後悔はない。おかげで写真も撮れるライターとしてなんとか独り立ちし、たくさんの経験をさせてもらっているのだから。

彼と言えば低空飛行のまま、留学をほのめかしたり、音楽の道で食べていくなどと、将来を語ってみせたりしていたが、どれも実行しようとはしなかった。一歩すら踏み出さずに、家族が守ってくれる小ぎれいなマンションに住み続けた。別れを告げたのは私の方からだった。

ほら見ろ、お前はこうして人を切り捨てられるヤツなのだ。そういう非情な部分があの絵にも表れていたんだよ、と耳元で誰かが囁く。お前に描けるのなんて、せいぜい前衛アートを装った歪んだ抽象画ぐらいだ。

おっと、何を感傷的になっているんだ。もう15年も前のことなのに。『GEO』はいい雑誌だった。もっともあの頃は文面も読まず、写真集のように野生のリスや火山を眺めているだけだったけど。

何気なく、視線が背表紙の発行年をさかのぼる。1999年、1998年――、あった。件の号だ。タイムカプセルを開けるようにどきどきしながらページをめくっていくと、あのバラ園に再開した。

この狂った世界の聖域《サンクチュアリ》で

え、そんな刺激的なタイトルだったっけ？　記憶との乖離が激しくて、文字の上を目がから滑りする。ゴホン。カウンターの背中が咳払いをした。私は反射的にカバンから財布を取り出すと会計を済ませ、すぐそこの大型書店に入る。お目当ては地下のレストランだ。

席に着くなりグラスビールを頼むと、もどかしくペラペラの紙袋から『GEO』を取り出し、さっきのページを開いた。まだ早い時間だからお客もまばらで、ビールはすぐに出てきた。一口喉を潤してから、雑誌に目を戻す。

グラスの汗が流れ落ち、コースターに染みをつくっていた。

なんだ、そういうことだったのか。

私が「幸せそのもの」だと思い込んでいた女性――名前はエリザベス・ワトソンといった――は、憔悴と孤独の中で絵を描いていたのだった。しかも、あの美しい庭さえ実在しなかった。バラの庭と彼女の横顔は、よく見れば写真ではなく、うっすらと筆のタッチが確認できる。彼女は空想の庭に逃げ込み、藁にもすがるように一つかみの平穏を得ていたのだ。まるであのときの私のように。

私は、物事を都合よく歪めて解釈していた自分を恥じた。エリザベスに申し訳ないと思った。しかし、彼女のあっけらかんとした言葉は私の心を見透かしたように、でも温かく染み込んでくる。

「私が思ってもいなかったことをあなたが見て取ったなら、それはあなたが、本人も気づいていない真実を見抜いたのかもしれない。逆に、あなたがとんでもないボンクラで的外れなことを言っているだけなのかもしれない。どっちでもいいわ」

「あなた」とは、インタビュアーのことを指したものだが、それは同時に高校生の〝私〟であり、あのときの〝彼〟であった。私の絵は、毒ではなかったかもしれない。

彼女の聖域が庭なら、私にも大切な場所があった。

空想の中の小さな湖だ。月明かりが映る水面には蓮の花が咲いていて、花の上にはピンクの象がたたずんでいる。その象は、私の誰にも言えない話をただ聞いてくれ、涙をぬぐう代わりに鼻で水をかけてくれる。浄化してくれるのだ。

無意識に右手がペンを探し、画用紙のざらっとした感触を求める。

私は一人暮らしの押し入れで眠る、段ボールの存在を思った。

帰ろう。残りのビールを飲みほして伝票をつかむ。

自動ドアが開くのももどかしく階段を上る。あたりはもうすっかり暗くなっていて、家路を急ぐ人たちが行き交っていた。

ねぇ、エリザベス。私まだ間に合うかな？

背筋をのばしてビルを見上げる。メルセデス・ベンツの広告の横で、薄く研いだような月がわずかに光っていた。

夜の虹

鳥紅庵

静かな水面に月が映っている。空にはまん丸なお月様がぽわんと佇み、暗闇に桃色の花がぽってりと浮かぶ。両手を受ける形に開いたようなハスの花。

その上に、絵の具を塗ったようなピンク色の、象がいる。

象は鼻を持ち上げ、耳をパタパタさせた。人が来たようだ。その人は時折、この湖を訪ねて来る。ここに来る時は、黙って水面を見つめ、月を見上げ、そして顔を覆って泣く。空を仰いで泣く。ここでしか泣けないとでも言うように、ただただ泣く。その顔は霞がかかったように、見えない。象には人に降り積もった澱が見えるのだ。

澱は誰にも降り積もってゆく。人はそれを家族や友人や、日々のひと時の楽しみで振り払う。あるいは諦めて澱の中に沈む。振り払おうとして払いきれず、沈みながらも諦めたりはしなかった一人が、この湖を見つけたのだった。

象には澱がわからない。彼の世界は静かな水面と、明るいお月様と、暗闇に匂うハスの花だけだ。月の光を浴びているだけで、彼は幸せである。ハスの香りを感じるたびに、彼は眼を細める。ふとしたはずみに水面にさざ波が立つと、彼はそれを飽きもせずに眺める。

その人は今日も、小舟に乗ってやって来た。水面をゆっくりと滑って来た小舟が目の前に止まる。

今日は澱が深い。

象は鼻から水を吸い上げ、ちょろちょろとその人の頭から水をかけた。灌仏会の甘茶のように。何度も、何度も。それが象の習性だ。象には澱はわからないが、悲しんでいる人を見るのが嫌だった。見ていると、なんだか象も悲しくなるのだった。そして、その降り積もったものが人を悲しませるなら、象の流儀に従って、水浴びさせてやるのだった。

さめざめと泣く彼女に水をかけていると、澱が晴れてゆくのがわかった。彼女はまだ泣き止まない。だが、澱はもう消えた。彼女は、象と同じに眼を細めて象を見上げると、晴れ晴れと泣いた。象はまた首を傾げて、彼女を見た。それから、「ぷおっ」と鼻から霧を吹いた。霧が清かな月の光を映して、夜空に虹を描いた。

いつでも会える

メイ

あたしだって暇じゃないんだからさ。一度だけならスルーしてた。

でもこの1週間で、もう4度目だし。さすがに声をかけなきゃなって思ったんだよね。

ジム帰りに通る公園。その子はいつも一人で地面にしゃがみこんで、木の枝で土をつついてた。背中に垂れ下がったポニーテール。

中学生――にしちゃ幼い、ぎりぎり小学生ってとこかな。もう7時過ぎてるし、女の子がこんなところにいたら、よくない気がする。

「ねぇ、もう暗いからさ、おうちに帰ったほうがいいんじゃないかなぁ？」

あたしは精いっぱい「いいお姉さん」を装って声をかけた。

「大丈夫です。お母さんがおカネ置いてってくれたので」

うわ、目ぐらい合わせろっちゅーの。可愛くない。これだからこの年頃の女の子って苦手なんだよな。な。しかも、つついてるのアリの巣だし。暗っ。

うっとうしい大人から離れようとしたのか、女の子はベンチに置いたランドセルの肩ひもに手をかけ、背負おうとした。

どさっ。

蓋の留め金が外れて、中からビリビリに破れた算数や社会の教科書が滑り落ちた。

ちぎり絵の練習——なワケないよな。マジか、これイジメじゃん。まいったなぁ、どうしたらいいんだろう。でも、なんかこのまま帰しちゃダメな気がする。

「ちょ、ちょっ！　ちょっと待った」

あたしは近くの自動販売機に走って、ホットココアを買ってきた。

この子の好みは知らないけど、子供のときに自分が好きだったという理由でついボタンを押してしまったのだ。遠慮する手に無理矢理握らせて、ベンチに座る。

その子も「仕方ない」と言った様子で隣に腰を下ろした。


「えーっと、つまりイジメられてるってわけ？」

どう切り出していいのかわからずに、結局こんな聞き方になってしまった。だから体育会系はデリカシーがないって言われるんだ。

女の子は首を横に振る。もう何十回もそう否定してきたみたいに。まぁ、会ったばかりの見知らぬ大人に話せることじゃないよな。

そもそも仮にこの子がいじめられてたとして、あたしは何もしてあげられない。正義のヒーローにでもなって、彼女の学校に乗り込むか。そんなの無理だ。

「なんかさぁ、イヤなことってあるよね」

あたしは吐き出すように言った。女の子の表情がぴくりと動く。

「イヤなことってさ、言えないでいると苦しいよね」

あたしにも覚えがある。地元のちょっと悪い先輩たちに因縁をつけられたり、根も葉もない噂を立てられたことがある。本当のことを言っても、誰も信じてくれなかった。そのせいで家から出られなくなった時期もある。

ムカつく奴らをねじ伏せたくて、身体を鍛え始めたのがそのころ。男の子みたいな理由だけど、あたしには憧れの女子プロレスラーがいた。ピンクのコスチュームを纏ったその人は、強くて、かわいくて、キラキラして、かっこよかった。

その人が所属する団体のスポーツ教室に入団したのが、ちょうど1年前。

あの背中だけがあたしの目標だったのに——この世から去ってしまった。それも自分の意思で。

SNSの炎上が原因だった。どの世界にも、人の足を引っ張ることでしか自分の価値を確認できないヤツがいる。いじめに年齢は関係ないんだと思った。あたしは今でもそいつらが許せない。

「ピンクの象はさ、そんなとき助けてくれたんだよ——」

は？　という顔をする。当然だ。

「誰ですかそれ？」

「あはは、ごめんね。分かるわけないよねー。昔叔父さんがつくってくれた絵本に象が出てくるんだけど。こんなときにいてくれたらなーって、つい思い出しちゃって」

「その象が何かしてくれるんですか？」

「んー、話聞いてくれるだけ」

「あんま役に立たないじゃん」

「まぁね。でもさ、お腹の中にためてることって、吐き出すだけでも気持ちがスッキリするんだよ」

「ぶっ潰してやる！」

唐突にそう叫んだあたしは、あの人の決め技だったパッケージドライバーのマネをした。

ネットのクズ野郎を想像しながら、その腐った頭を地面に叩きつけるふりをする。

クスッ。顔を背けた女の子の唇から、息がもれる音がした。そりゃそうだ。こんな夜の公園で急にプロレス実演が始まったんだから。

女の子が真面目な顔をする。

「その象には、どうしたら会えるんですか？」

困ったなぁ。あれは絵本だから、会えるとかそういう感じじゃないんだけど。

「か、神様にお願いしたら、心の中で会える……かな」

「神様にはどうやってお願いするんですか？」

「うーん……」

「やっぱりウソなんだ」

せっかく開きかけた、女の子の心の門が閉まりかけている。あたしは思わずこう言ってしまった。

「よっしゃ、そこまで言うなら会わせてあげる！」

一応、女の子には母親に電話をさせた。

替わってもらい事情を告げると、向こうはお酒を飲んでいるのか「あーどうぞどうぞ」と自転車でも貸すようなノリで許可してくれた。いじめのことは言いだせる雰囲気じゃなかった。

うちはこの近くのアパートだ。玄関のダンベルを踏まないように注意させながら、部屋に上げる。

目的のアレは――と。あったあった。

格闘技雑誌にまぎれて、ずっと捨てられなかったお手製の絵本。若いときに小説家を目指していたという叔父さんが、あたしが引きこもってた時期に書いてくれた物語だ。

絵具を塗ったようなやさしい挿し絵も大好きだったんだけど、誰が描いたのかは最後まで教えてくれなかった。あたしだって野暮じゃない。叔父さんにも大切にしまっておきたい想い出のひとつやふたつくらいあるのだろう。


「ピンクの象……」

女の子が表紙を覗きこんだ。そして、タイトルを読み上げる。

「夜の虹」

そのまま本を開いてしゃがみこんだ。

「あの、『澱』って何ですか？」

象が心の澱を洗い流してくれる、というくだりのことだろう。

小学生になんて説明したらいいのか迷った挙句、

「公園でアリの巣を掘り返しているときとか、家で一人でいるときの気持ちかな？」

そう言ったら、女の子は一瞬だけ遠い目をして、何か考えこむような顔つきになった。ぎゅっと絵本を抱きしめている。

「その本、ほしい？」

気づいたら、口にしていた。

女の子は驚いたように目を見開いて、こくんと頷いた。

いいよね、叔父さん？　あたしは、もう象がいなくてもやっていける。そして今、彼女には象が必要だ。

「ここに書いてある漢字さ、小学生にはまだちょっと難しいんだよね。わかんなくなったら、またウチにおいでよ。教えたげる」

女の子は、またこくんと頷いた。なんだ、笑うとカワイイじゃん。


あたしは、女の子を家まで送っていくことにした。

道の上にふたつのシルエットが並ぶ。公園にさしかかると、噴水がぷおっと吹き出した。今まで気にも留めなかったけど、夜の水しぶきはとてもきれいだった。

「あっ、虹——」

女の子が眩しそうに目を細めた。

第2章

ふたりの小瓶

ふたりの小瓶

メイ

「おい、それ何だよ」と、運転席の彼は言った。

私のタバコケースに入っている小瓶のことだろう。隠すつもりはなかったので「ラッシュだよ」と返した。当時は合法ドラッグと呼ばれていた薬物だ。鼻を瓶のふちに近づけて勢いよく吸い込むと、揮発成分が体に入ってドクンと心臓が拡張して頭が覚醒する。トイレの中などで、自分に気合を入れるときによく使っていた。

「アントニオ猪木のビンタに近い効果があるんだよ」と補足した。彼は眉間に皺を寄せた。繁華街の裏路地で、親友のAと一緒に買ったものだった。


大学の写真学科で一緒だったAは、私の被写体であり、センスのよい音楽やマンガ、そして世間の常識というものを教えてくれる翻訳者のような存在でもあった。ジャニス・ジョプリンをはじめて聴かせてくれたのも彼女だった。

母親はとても繊細な人らしく、Aは「あの人、私がいないとダメなんすよ」とよくこぼした。

居酒屋で一緒に飲んでいると、Aの弟から「お母さんがボクの首を絞めてくるから早く帰ってきて」と電話があった。Aがすまなそうに帰り支度をはじめたので、「ウチも似たようなもんだから」と笑って送り出した。

ショートカットで細身のAはロングスカートがよく似合う。あれは初夏だったか、廃バスの上に登ってもらって撮影をしたことがある。黄色い車体と青い空の間でAの淡いスカートがはためいた。このまま消えてしまうのかと思うほどに儚かった。

私はAの弟のように、首を絞められる側の人間だった。首を締められるほうも、阻止するほうも、長年続くと何かが損なわれてしまうのだろう。

ある日Aが、息を切らせながら「もう私たちは日本にいちゃいけないんだよ」と暗室に転がり込んできた。その手には、西原理恵子という人が描いたマンガが握られていた。ページを繰ればタイをはじめとした東南アジアの破天荒な世界が広がっていた。人生を謳歌するニューハーフ、アパートの中に突如として現れる蟻塚、ガンシャという大麻の一種をたしなむ不良僧侶。

Aも私も自分を壊してくれる新しい価値観を求めていた。すぐに荷物をまとめ、バンコクへと飛んだ。5泊6日。短かったけど人生初の海外旅行だった。

世界を再構成させて帰ってきた私たちは、その世界を保つために「クスリ」を買いに出かけた。覚醒剤などの違法モノには手を出せなかったのが、まだ可愛いところだったと思う。

はじめて彼にホテルに連れていかれたのは、その3週間ぐらい後だったと記憶している。

私にとっては、ただのバイト先の社員だった。30歳。「班長」と呼ばれる現場の管理者をしていて、奥さんと幼稚園に入ったばかりの息子の話をよくする人だった。コンビニが卸先の食品工場。マスクからはみ出た目尻の皺が優しそうだった。

暴力のない「ふつうの家庭の親」というものに興味があった。この人はどうやって子どもと接し、どのような眼差しで子どもを見つめているのだろう。社員は学生バイトとの関係を円滑に保つために、学生の他愛無い話も聞くのだろうと想像した。彼はタイで出合ったおかしな風習やおもしろい人たちの話も笑って聞いてくれた。

私がヌード写真も撮っていると知ったその人は、包材を仕分ける手を止めて「じゃあ今日、俺も撮ってよ」と言った。ふつうの家のお父さんは、奥さんと子どもを愛しているはずだ。だから、たとえ彼自身が裸になったとて、私のような学生に手など出すはずがない。ひとかけらの疑いも頭に浮かばなかった私はまだ19歳、それとも、もう19歳だったのだろうか。あのときはただ構図を考えてワクワクしていた。

青いスポーツカータイプの車に乗せられ、着いた先はラブホテルだった。低輝度の蛍光灯と黒ずんだ赤い絨毯、ミロのヴィーナスが哀しい廊下だった。対照的に部屋は明るくきれいだった。

「先にシャワー浴びてくる」と言われたときに、これから何が起きようとしているのか初めて理解した。最初から写真になんて興味がなかったのだ。落胆と自己嫌悪と投げやりな気分が、私の身体を重くした。「お父さん」ってそんなことができるんだ。

しかし敵前逃亡はできない。ここまでついて来たのは自分の責任なのだから、責任を取らねばならないと思った。断ることでガッカリする顔も見たくない。

そんなことを考えていたら、ふと「お父さん」という生き物がどのような性交をするのか、見てみたくなった。

班長はせわしなく、私の身体の上を行ったり来たりしていた。

私は失礼のないように
「もう飽きちゃったんで、早めに終わらせてもらえますか?」

と依頼した。目の前のその人は、口をポカンと開けた後、大人の顔で苦笑いをした。


何年か前、高校で優等生だったクラスメイトは私をまっすぐ見つめて「もっと自分を大事にしたほうがいいよ」と言った。

意味がわからなかった。世の中で思い通りになるものなんて、自分の身体ぐらいしかないのに。他のものはすべて母の支配下だった。残った唯一の道具を駆使して何が悪い。

一方で、彼女のような感性を持った娘こそ、世界に愛されるべきだと思った。きれいな心の持ち主から幸せになるべきなのだ。地球のためにも。

神さま大丈夫。こっちはこっちで何とかやっていきます。


翌日。一連の出来事をAに報告すると「マジすか」と笑った。私も笑った。

Aはしばらく隣にいてくれた。その手首にはリストカットの痕がある。血を見ると生きている感じがするらしい。Aがもがいている証は美しく、これもまたいつか撮らせてほしいと願った。

彼とは定期便のようにホテルに行った。

私は「お父さんの謎」を解明していくうちに、研究対象にすっかりハマっていった。目新しい言動のひとつひとつが興味深く、好ましいとさえ思った。咥えタバコで歌うドラゴンボールZ、社内の噂話、息子が熱を出して病院に連れていったこと。そんな話をしながら、私の首筋に唇を這わせた。パートのおばさんが彼の名前を出して、「あの人には気を付けな」と忠告してくれた。耳に入らなかった。

一緒に時間を過ごす場所が、ホテルではなく車の中であることが増えた。ある日彼から「カルチャークラブが入っているオムニバスアルバムを借りてきて」と頼まれたので、TSUTAYAでレンタルしてCD-Rにコピーした。曲名のリストが必要だろうと尋ねると、即座に首を横に振る。

「あー、そんなのいらない。ただ雰囲気で流しているだけだから。タイトルなんて気にしないし。歌詞で何を言ってるとかも、割とどうでもいいんだよね」

この人にとって、他人の気持ちなど、耳を傾けるに値しないものなのだろう。


しかし、吐き出せない想いを、言葉に託す人がいる。それを拾って、まだ明日も生きてみようと踏みとどまる人もいる。Aもまたそうであったかもしれない。

ふたりでキャンプに行ったとき、Aはビートルズの「Across The Universe」の歌詞を徹夜で教えてくれた。当時モルヒネがわりに聴いていたフィオナ・アップルがカバーしていたのだ。連なるランタンの下でノートを広げ「もう何も私たちの世界を乱すものはないんだね」と確認し合った。

Ａと手に入れた小瓶の中身は、褒められたものではないかもしれない。でもそこには、見つけてほしい人たちの１００の歌と１０００の夜が詰まっている。

私は彼が見ている前で、わざと小瓶を鼻に当てた。

「けっこういいよ、やってみる？」

その瞬間、彼は私の手から小瓶を奪い取り、車の窓から思い切り投げた。それは薄暗い街灯の下で弧を描き、目の前のどぶ川へ吸い込まれていった。

「こんなことやめろよ」

と、彼は言った。

まるで学芸会のような定型のセリフだった。彼は窓を閉めて、いかにも正しいことをしたというような充実した顔をした。しかしその顔も実は定型の何かで、別の誰かで置き換えが可能なのかもしれない。きっと、その顔にタイトルは不要なのだろう。

彼の青いスポーツカーは、国道を行き交うトラックに紛れてすぐに見えなくなった。

私は川の傍に残った。沈んだ小瓶に黙とうを捧げながら、腐ったような泥の匂いを懐かしく吸い込んだ。

その人の小瓶

鳥紅庵

「おい、何だよ！」と班長が叫んだ。その「よ」が終わらないうちに僕は渾身の一撃を叩き込んだ。この世から消える前に全ての痛みと呪縛と恨みと妬みを、全部思い知らせてやりたかった。全部、叩き潰してから消してやりたかった。

その女の人はバイト先にいた、ただそれだけの人だった。職場の事情通っぽいオバチャンには、写真学科とか聞いた。別にそれだけの、ちょっと年上のバイトの人。僕は黙々と野菜を刻みながら、ちらちらとその人を見ていた。理由なんかない。ただ、その人から目が離せなかったんだ。

ある夜、友達と遊んで家に帰る途中だった。その人が公園のベンチにいた。なんだか似てるな、と思ったら本人だったので驚いた。それから、隣に誰かいるのにドキッとしたが、よく見たら細身の女の人だった。夜の中に浮き上がる淡い色のスカートを履き、缶チューハイか何かを片手にけらけら笑っていた。それに答えて笑うその人は、屈託無い笑顔を見せていた。バイト中に見たことのない顔で。そう思ったらなんだかイライラして、足早にそこを離れた。その人は僕には聞こえない話題で、僕の知らない人と笑い合っているばかりだった。

帰ったら母親に「こんなに遅くなるなら連絡しろ」と言われた。父親は別に何も言わなかった。子供じゃないんだし、別にいいだろそれくらい、と思いはしたけれど、口には出さなかった。ぼくは部屋に入って、さっきコンビニでどきどきしながら買った缶チューハイを、こっそり飲んだ。

「あの人、気をつけた方がいいよー」

　バイト中にオバちゃんが言っているのが聞こえた。そう言われたその人は、あいまいに笑っていた。何をどう気をつけるのかよくわからなかったが、オバちゃんは僕が見ているのに気づくと話をやめてしまった。まるで「子供は聞かなくていい」とでも言うように。仕事終わりに思い切って聞いてみたら、「あんたが気にしたって仕方ないよ」と言われた。

　駅の方に歩いていたら青いインテグラが走って行った。ＶＴＥＣのタイプＲだ。免許をとったら絶対乗りたいやつだ。排気音を響かせる「自分の」インテを想像しながら見送ろうとしたら、乗っているのはバイト先の班長だった。そして、その隣には、その人がいた。その瞬間、なぜだか目の前が真っ暗になった。

　その日から、僕は街でインテを見かけると目をそらすようになった。なのに、青かどうか確かめずにいられなかった。青だったら、爆発しそうな心臓を抱えて、助手席に誰がいるか、つい見ずにはいられなかった。そんな自分が吐き気がするくらい嫌だったが、それでも僕の視線はいつも、いじめられた野良犬のような上目遣いで助手席を彷徨うのだった。

　そしてある夜。まさかと思ったが、通り過ぎたインテに乗っていたのはその人と班長だった。目を背けようとして動けずにいた僕の目の前で、インテの窓からポーンと何かが飛んだ。その時の、その人の目を、僕は見てしまった。何かがこぼれ落ちてゆくのを見ているしかないような目。きっと、いつもいつも、あの人の背中を見るたびに僕もあんな目をしている。とても、とても大事なはずのものがこぼれ落ちてゆく。

そう思った時、僕はもう走り出していた。信号待ちのインテに追いつき、車道側に飛び出した。そして、ノリだけで、おもいきりドアを蹴った——いや、やっぱり遠慮して、窓を拳で叩いた。ボンッと思ったより大きな音がして、班長は驚いた顔でこっちを見ると、ドアを開けた。そして
「おい、何だよ!」と叫んだ。その「よ」が終わらないうちに僕は渾身の一撃を……

僕は切れた唇を押さえながら顔を上げた。青いインテグラが、国道を行き交うトラックの向こうに消えてゆくところだった。本当は、あの人にあんな顔をさせたことも、結婚してるくせにこんなマネしてることも、全部ぜんぶ、償わせてやるつもりだった。でも僕は所詮、ただのガキだった。班長に殴り返されてもう何もできなくなり、涙をこらえながら道路に転がっていた。もう嫌だ。消えたかった。よりによってこんな時に。

すぐ近くで、靴のこすれる音がした。顔を動かすと、あの人がそこにいた。心配してこっちを見てくれているのかと思ったら、ドブ川を見ていた。それから、初めて気づいたように、こっちを見下ろした。

「何してんの?」

僕はドキドキして、でも何を言えばいいのかわからなかった。こんなことやめてください、僕が守ります、大丈夫ですか……違う。そんなこと言ったって意味がない。ぼくはただのガキで、勝手にイキって、なのに何にもできなくてここに殴り倒されてるだけじゃん。僕はドブ泥だ。うじうじしなが

ら、あの人をこっそり見ていただけのドブ。そのたびにドブ川の底からメタンが湧き上がるみたいに、腐った焦りが漂うのを止められもしない。何もできない。さっきの妬みも恨みも、全部自分のドブ泥じゃないか。ドブ泥が泥を被って倒れてるだけ。

「いや。なんか」

僕はそれだけ、やっと口にして、その人の視線の先に目をやった。そうだ、さっき班長が投げ捨てたもの。なんだろう？　多分あれだ。ドブ川の縁、すべり落ちそうなところに落ちている瓶。香水？　班長にもらったけど返し……いや、彼女からプレゼントしようとしてモメて班長が投げ捨てて……だったらそんなもんドブ川に沈めちまえよ。そう思ったけど、僕は立ち上がった。

「拾って来ます」

え？　という顔をする彼女の顔を見ないようにして（もしホッとした顔をされてたら、僕はきっと瓶を捨ててしまうだろうし、その時の彼女の顔も見たくないし、そんな自分もきっと許せないし、許せないからって何も変われっこないのもウンザリだ）、僕は滑りそうな護岸を、そっと降りていった。だって、僕にできることなんてそれくらいしかないじゃないか。あの人があんな目で見つめているくらいなら、僕が拾ってくる。それが何であれ、それはまだそこにあるんだから。

手を伸ばしたけど、ギリギリ届かない。もう少し降りようとしたら、足が滑った。僕のスニーカーがドブ泥の中に浸かり、ギュッと冷たくなった。スニーカーの中にドブ水が入り込んで、靴下までずぶ濡れになるのがわかった。でもそのまま、ヌルヌルする石に足を踏ん張って、僕はその瓶を拾い上げた。それから護岸を上がって、ガードレールをまたいだ。濡れたズボンが足に絡んで気持ち悪かった。瓶を手渡すと、彼女はなんだか驚いた顔でこっちを見ていた。それから、僕の足元を見た。ドブに浸かった僕のスニーカーを。

「ドブの臭い」

そういって彼女は笑った。ぼくは顔がしびれるくらいジンジンして、うつむいた。フラついて倒れそうだった。空気が薄くなって耳鳴りがして、地面が遠くなるような気がした。

「ありがと」彼女はそう言って、瓶を受け取った。それから、付け足した。

「そのドブの臭い、嫌いじゃないよ」

え？　それはどういう？　ひょっとして？　いや？　でも？

慌てて顔を上げた時には、その人はもう、背中を向けていた。そして、街灯に照らされながら、国道を歩いて行ってしまった。


僕はそのまま、バイトを辞めた。その人とは二度と会わなかった。その瓶が何だったのかも全然わからない。声をかけられなかったことにも後悔はない。何もできなかった僕の言葉には、きっと何の意味もなかっただろうから。

ただ、その人が笑ってくれたことだけを覚えている。

Aへ

20XX／7／10
宛先　A
件名　ラッシュ沈没！！

おーい、生きてるかーい？　最近、授業かぶらなくて会わないね。話せないからここで雑談。長いから、ヒマなときにでも。

こないだ、ややショックなことがあってさ。あのとき買ったラッシュ・・・班長にバレたw
車の窓からドブに投げ捨てられてドヤ顔だったっす。あれ2900円もしたのにね。班長も結局「あちら側」の人間ってことが確定しましたww

で、そのときのドブにさ、なぜかバイトの子が唐突に転がってて。ラピュタかと思ったわw
話したことないから知らないけど高1、2年くらいかな。髪が黒くて穢れのないパズーって感じの子。休憩中、何度か目が合ったような気がしたけど一瞬でそらされたw　そりゃ、こんな闇人間には危険センサーが働くわ（苦笑）

その少年。班長がラッシュ捨てたとこ見てたっぽくて（いろんな意味でヤバいが）、なぜか瓶を

メイ

拾いにわざわざ川に入ってくれたんだよ。すごい一生懸命で。宝物みたいに、大事そうに手渡してくれたんだ。

でもさ、穢れのない子がアレを仲介してくれたら、それはクスリだけど、なんか別のモノになった気がしたんだよね。あの子がドブの匂いになってくれたとき、ちょっと「こっち側」に来てくれた気がしたんだ。

私もあと2、3回転生して、シータみたいにキレイな生き物に生まれ変わったら、あんな子の隣で・・・とかね。まぁ無理か（笑）

さっき班長からメールあり。「あんなクスリより、もっと気持ちいいことしてあげるから♡」ですとwww

Aって、今度いつ授業？　カラオケ行きたいっす・・・。Coccoの曲死ぬほど歌いたいわ。死ぬほどっていうか死んでもいいw　こないだ貸すって言ってたウィンバロックの写真集、そのとき持っていくね。

――― END ―――

第3章

美容師ローラン・ベルディ

美容師ローラン・ベルディ

メイ

美容師ローラン・ベルディは、いつも暗闇に現れる。

会いたいとメールをすれば、1時間もしないうちに隣町から自転車で迎えに来てくれた。団地のバス停に、少しだけ寒そうに立っている。青白い看板の光が、目元まで隠れる漆黒のストレートヘアと同じくらい深い黒のタートルネックセーターを弱々しく照らしている。美容師ローラン・ベルディは私と同じ高校に通っている。昼間には制服で会ったばかりだった。夜は別の顔をして会いに来る。

「遅えよ」

いつものように悪態をつくが、挨拶みたいなものだ。誰もいない歩道をしばらく肩を並べて歩く。美容師ローラン・ベルディと二人きりになると、私の言語中枢はゲシュタルト崩壊を起こしたようになり、言葉の順番さえもあやふやになる。

私は、学校の教室では饒舌でお調子者だった。幼稚園のときから先生に好かれ、ひいきをされ、友だちも多く、今で言うスクールカーストの上位にいた。しかしそれは、本当の姿を見透かされないようにカモフラージュしたものだったのかもしれない。
本当の私――、家族といるときの私は、ゴミ溜めに棲む醜くてヘドロのような物体だった。テレビを観る以外にほとんど笑ったことがない。ドブからあがった野良犬のようなドロンとした眼で父や母を一瞥し、どうしたら母を傷つけられるか、言葉のナイフを研いでいた。

あの人は暴力と罵倒で私をねじ伏せたが、私はそのような下品なことはしない。あの人の一番触れられたくない部分を一撃必中、理性的かつシャープな言葉でえぐってやるのだ。そんな夢想をしながらも、家の中では小学校のときに買ってもらった電子ピアノの影で膝を抱え、ラジオのイヤフォンを耳から外せなかった。

一般的に父親というものは、娘を溺愛すると聞く。父には外れクジを引かせてしまったと申し訳なく思った。クラスメイトからは「お父さんもお母さんも、美男美女な上にオシャレでうらやましい」とよく言われた。だから余計に、こんなに醜い生き物をよく飼っているなと感心するとともに、よその娘と替わってあげたいと願った。しかし、いくらトレードしたところで、今度は私を押し付けられたどこかのご家庭の空気を汚すに違いないのだった。父が私を見てうんざりした顔をするのも、当然のことなのだ。

美容師ローラン・ベルディといると、その、ヘドロのほうの私が顔を出す。彼もオモテ向きは饒舌で、ジェントルマンだった。知的な冗談で女の子を気持ちよくさせることが上手く、よくモテた。

「親父はオンナつくって、ブラジルに行ったままでさ。たまに手紙は来るけど」

美容師ローラン・ベルディは、二人のときだけ口調が変わった。母子家庭だけど、高校生なのに一軒家みたいな住まいを与えられて、そこに一人でいた。「俺の言ってること8割はウソだから」が口癖だった。ホントの2割のうち1割は、「飼っているパグがいなくなったら生きていけない」ということだろう。ウソまみれでも構わないと思った。それが美容師ローラン・ベルディの信じたい世界なら。

「俺いつか、イタリアの小さい町で美容院開くんだよね」

あのときの顔が忘れられない。ちょっと特殊な家庭環境さえ除けば、彼はどこにでもいる普通の高校生だった。この人も苦しいんじゃないかと思った。店名は「ローラン・ベルディ」に決めているという。小説の登場人物なのか、由来は知らない。でも、本当に叶えばいいと思った。

美容師ローラン・ベルディは、デニムのポケットから2本の短い金属棒を取り出し、自転車の後輪に取り付ける。私たちの間ではステップと呼ばれ、二人乗りをするための小道具だった。私はハブに接続された棒に足をかけ、いつものように後ろに立った。その温かい肩に手を乗せる。

「お前また太ったんじゃねぇの?」

「関係ないじゃん、別に」

彼氏にも言われたことがないのに、と反論した。彼だって自分の彼女にはこんなこと言わないだろう。まぁいい、今はそんなこと、どうでも。

自転車は住宅街の暗がりを抜け、新幹線の高架下をくぐり、工場の高い壁に沿って走った。頬を風が切りつける。ゆかいな気分だ。今、私たちがここにいることを誰も知らない。誰も止められない。

ひとけのない市民公園に着く。わずかに虫の声がする以外は、静かだ。密集した樹木がぽっかり空いたベンチセットのテーブルに、ベッドのように寝転がって星空を眺めた。周りの街灯が邪魔をして、あまりきれいではなかった。

とりとめない話をしながら、美容師ローラン・ベルディの喉ぼとけが上下している。その首を絞めたら、彼はいったいどうなるんだろうと思った。私は母から首を絞められることはあっても、誰かにしたことはなかった。今ここで試したら、母の気持ちがわかるだろうか。なぜあんなことをしたのか、私のことをどう思っていたのか。

何の予告もないままに、記憶に忠実に両手の親指を重ね、その喉ぼとけに合わせた。あとはなりゆきで側面に回す。美容師ローラン・ベルディは何も言わなかった。そういうところが好きだと思った。またがって徐々に体重をかけ、圧迫する。彼の目が細くなって喉の奥がグッと鳴った。

壊れないでくれと願いながら。なんだろう、腹の底から湧き上がってくる、この傲慢でドロドロした感情は。彼の命は今、私の意のままなのだと思ったときに、ああ、と気づいた。これは「支配」なんだ。チカラに頼った一方的な支配。母は我が子を思い通りにしたかったのか、独占したかったのか。わからない。その先は考えたくない。母の身体が私に重なる。

もう体重をかけることはできなかった。うっすら目を開けた「支配の対象」は

「なんだよ、もっとやれよ」

と言った。意気地のない私をとがめているのか、応援しているのか、どちらにも聞こえた。

それからメンソールのタバコに火をつけて、二人して黙って吸った。帰り道「死んだら本当に天使が迎えにくるのか」というような話をちょっと興奮気味に議論した。本当は天使なんてどうでもよかった。

今、私たちがここにいることを誰も知らない。

闇の声

烏紅庵

私は暗闇にいる。私がここにいることを、人間は知らない。常に暗闇に溶ける私を、人は感知することができない。だが、夜空を隠す雲と共に闇が囁きかける時――それは私の声なのだ。

その二人は公園に現れた。それだけなら、どうということもない。だが、その二人のまとう陰が、私の気を引いた。影、陰、闇……それこそが私を呼び寄せるものだ。

私は戯れに、風に乗って二人の背後に近づき、ベンチの脇に立った。二人はテーブルに寝転び、無防備にその身を晒していた。私が見つめていることにも気付かずに。

私には彼らの腹の底が透けて見えていた。そうだ、お前たちは今、被っている仮面を脱ぎ、その素顔を晒している。いつも相手に合わせて笑顔を作るのは疲れるだろう？　どうでもいいと思っている話題を、さも楽しそうに、口からただ滑り出させるのは辛いだろう？　闇こそが真実、暗闇の中でこそ、お前は自由になれる。

そうか、お前は理不尽な支配から抜け出したいのか。その支配が期待だとか愛だとか、人は取り繕いたがる。だがそんなものは嘘だ。支配はただ、支配だ。自分以外の存在は全て自分のためにあり、相手を支配することで、自分を確かめることができる。「殺したい時に殺せる」……それこそが究極の支配であり、それを知るたびに自らの生を味わうのだ。

支配を断ち切る方法は一つだけだ。お前も支配する側になれ。支配という蜜の味を知れ。反抗し泣き叫ぶ相手に怒りをつのらせ、叩き潰せ。ぶたれた犬のように、上目遣いに主人を見上げるまで。決して自分に逆らわぬように。独占し、所有し、支配することで世界を我が物にせよ。

女はふと、男の首に手を伸ばした。そうだ、それでいい。親指を押し当てろ。指を回せ。いつもお前がされていたことだろう？　そのまま力を込め、窒息して喘ぐ姿を目に焼き付けろ。充血して見開いた目が泳ぎ、許しを求め、空気を吸えぬ口を開いて舌を突き出すまで。その男が自らの死を悟り、絶望の果てに泣き叫ぶまで！

だが、その男は決して騒がなかった。ただ静かに、半ば目を閉じていた。この男は混乱も驚愕もしていなかった。未来が閉ざされることに絶望はないのか。お前を見捨てた世界に怒りはないのか。腕を振り払え。支配し返せ。この女の首を締めろ！　私の声が聞こえないのか！

その時、女は私に気づいた。己の中に手を伸ばそうとした闇に。

女の手から力が抜け、男の首から離れた。

つまらぬ。これはただの戯れだ。だが、私が語ったことは真実である。遠からずお前はまた、闇の声を聞くだろう。闇は常にお前に寄り添う。例え全てが立ち去っても。

天使だの何だのと愚にもつかぬ話を始めた人間たちを後にして、私は再び、闇に溶けた。

だが忘れるな、人間たちよ――私は暗闇にいる。

Punisher

メイ

薄暗い螺旋階段をどんどん地下へ降りていく。どこから、いつから降りはじめたのかは覚えていない。私はただ兼田の背中についていくだけだ。美容師ローラン・ベルディの名は兼田といった。ようやく底にたどり着く。錆びた鉄扉には、きわめて事務的に「PRISON」というプレートが張り付けられていた。ああ、やはり私は罰せられるのか。忌むべき魂をもった罪として。

兼田は慣れた様子で扉を開け、中へ入っていく。そのまま男女別の更衣室へ通された。更衣室はドレスルームのようにきれいで、黒髪のちょっときつい目をした女の人以外は誰もいない。女の人はこのスタッフのようで、私を着替えさせてくれた。黒いラバースーツなんてはじめて着る。背中のチャックを上げられると、気分が引き締まった。

状況がまるでつかめないが、質問をする権利はないような気がした。女の人は鏡の前に私を座らせ、衣装にフィットした髪とメイクを最小限の工程でつくった。すべてを片づけた机の上に、ことりとシェリーグラスが置かれた。金色の液体からは、繊細な泡が立ち上っていた。

「どうぞお飲みください」

アルコールなのか、クラッとする甘さだった。

深々と頭を下げる彼女に見送られて、部屋を出る。ドアのプレートを確認するとこう書かれていた。

——Punisher（断罪者）

コンクリート打ちっぱなしの廊下を歩いていくと、暗闇の奥にぼおっと薄暗い、広い空間があった。

「じゃあ始めようぜ」

兼田も似たスーツを着て待っていた。離れたところに集められた人の中から、1組の男女が引きずられてきて跪く。染みのついたトレーナーの無精ひげと、地味なブラウスのロングヘアだった。

「罪状は――」と、制服の男が高らかに声を発すると、派手なBGMと共にプロジェクタの動画がはじまった。ひげとブラウスが幼い女の子にアイロンを押し付けゲラゲラと笑っている。小さな身体が何度も蹴られるシーンの後、その子の死因と命日がテロップで表示されて、映像は終わった。

ブラウスのほうが取り繕うように口を開いた。

「違うの、虐待なんかじゃない。あれはあの子を思った躾で――」

言い終わらないうちに、ヒュンッと鋭い音がして兼田が回し蹴りを喰わらせた。女の顔が歪み、血の付いた歯が飛んだ。

「な、クズだろ?」

お前もやってみろと兼田は言う。躊躇していると、やさしく私の手を取りぼさぼさのロングヘアを握らせてくれた。女の顔がグイと持ち上がり、ぶたれた犬のような上目遣いで私の表情を伺う。その目は、かつての私の目であり、さっきの映像で流れた女の子の目でもあった。

どろり、腹の中で袋が破けた。無意識に、握った髪の毛を揺さぶっていた。

「なんだその目は、挙動ってんじゃねえよ」

初めて口にする、はすっぱな言い方に高揚する。女はまた唇を開きかけたが、保身や弁解は耳障りなだけだ。そのまま顔面をぐしゃりとコンクリートに叩きつけ、背中に踵落としを入れてやった。骨の砕ける音がした。熱く煮えたぎったどろどろが全身を駆け巡り、脳天まで溶かす。このラバースーツのおかげで身体のキレがすこぶるいい。

クソ女、クソ男ども。みんな私に跪き、絶望の果てに泣き叫べばいい！　私がそうだったように!!　横を見ると、兼田も暴虐にすっかり身を委ねていた。瞳は輝き、まるで悪魔のように黒い翼が生えているようだった。私もまたそうなのだろう。醜い姿かもしれないが、兼田にならば見られても構わない。ほらほら、もっと来いよ。じゃんじゃん殺してやる！

気絶した汚物たちは、チェーンソー部隊がきれいに解体してくれる。すっかり恍惚に浸っていると、見覚えのある男女が連れてこられた。私の、父と母だった。

母は「——ちゃん」と私の名を呼び、懐かしそうな哀しそうな顔をした。

胸がぎゅっと締め付けられる。やめろ、今さらそんな目で見るな。嘔吐物まみれの私を「床を汚すな」と蹴り続けたのは誰だ。ビニール傘で腕を刺されて「いつか殺される」と諦めた小学生の気持ちがわかるか？　感情の濁流にのまれて発狂寸前になる、ぜんぶ消えてなくなれ、お前らも、私もだ!!

気が付くと、ボンテージは血まみれになっていた。目の前には、バラバラになった肉片が赤くベタついた毛髪と混ざって積まれていた。ピンクのマニュキュアを塗った指がのぞく。小学校に上がっても私の髪をポニーテールに結ってくれていた手だ。背中から語りかけるやさしい声を思い出す。

震えが止まらない。取返しのつかないことをしてしまった。

「おつかれさまです」

スタッフの彼女がやってきて、またシェリーグラスを差し出す。

違う、違うんだ。涙で目が霞んでよく見えない。兼田、兼田はどこ？

黒い影が、遠くからゆっくり近づいてくる。おそらく兼田だろう。その影はわたしの肩を抱こう——として指一本触れなかった。影は、私だけに聞こえるよう耳元で囁く。

「いいか、支配を断ち切る方法は一つだけなんだ。お前も支配する側になれ。支配することで世界を我が物にするしかないんだ」

兼田。影に向けて呟く。

私は、今日気づいたんだよ。支配したいのは、親でも他人でもない。それは妬みや独占欲、偽りや保身、人間の弱い感情だ。まるごと全部飲み込んで、必ずいつか、そいつらの上に立ってやる。

でもね、これからは他人からも支配されないよ。私は私だけのものだから。

その影はやがて広がり、大きな闇となった。すでに兼田のものではなくなった声が、響く。


——忘れるな、私は暗闇にいる。


もう怖くなかった。この闇があれば、私は強くいられる。

ありがとう。また会う日まで。

バルビエーレ・ローラン

鳥紅庵

私は本来なら毎月10日頃に必ず行く理髪店《バルビエーレ》を、数ヶ月ぶりに訪れた。髪は常に整えておかなくてはならない。この店は腕が良く、何より店の雰囲気が素晴らしい。中年の日本人が営む、静かな店だ。石畳を歩き、海の見える坂道を下ったところに、その店はある。石積みの壁に、通りに突き出した青銅の看板。そして、赤白青の床屋のマーク。

カラン、とベルを鳴らしてドアを開けると、黒い服を着た彼が振り向いた。

「チャオ、牧師《パストーレ》さん」

「チャオ、ローラン」

彼がこの理髪店の店主だ。名前はローランと名乗っているが、おそらく通称名、それも覚えやすいよう、店名に合わせただけなのだろう。ジャポーネの文化はよく知らないが。

「今更だが、この店はなんでローランなんだい？」

「ローラン・ベルディって名前にしようと決めてたんですよ。若い頃から」

「若い時から？　そんなに昔から理髪店を目指していたのかね？　しかもイタリアで？」

「ええ。あとパグを飼うこととね」

ローランは霧吹きを使いながら答えた。引き出しから愛用のハサミを取り出す。

「いつものでで？」

「ああ」

ローランはこれ以上、余計なことを聞かない。注文があればこちらから言うとわかっているからだ。

「ちょっと髪が伸びましたね。お仕事でしたか」

彼は私の仕事を知っている。時に出張があることもよくわかっているのだ。

「うん。ちょっと、南半球にね」

「南?」

「そう。ブラジルだよ」

チャキ、とハサミが一瞬止まった気がした。だが、何事もなかったように、ローランは私の髪をつまんで長さを計り、整え続けた。

私は黙って、ローランに任せた。耳元でリズミカルにシャキシャキと鳴る、ハサミの音が好きだった。古い時計のカチコチという音が微かに聞こえた。私の栗色の髪がケープの上を滑り、パサリと落ちる気配がした。ローランが微かに頭に圧力を加えたので、されるがまま、頭を少し前に倒す。彼は私の襟足をきれいに整えてくれた。

「髭も当たりますか?」

「頼むよ」

彼はカミソリを取り出し、軽く研ぎ革に滑らせた。そんなことをしなくてもあのカミソリはカタナのように鋭いはずだが、彼はいつも完璧を期すのだ。

「ブラジルはいいところだったよ。人々は善良でね。一方で貧困や凶悪犯罪も絶えない。神と悪魔が同居しているようなものさ。悲しいことだ、その二つは決して両立しないものなのに」

ローランは答えず、陶製のカップに石鹸を泡立てていた。ふと、私は、以前からずっと疑問に思っていたことを聞いてみた。

「ねえローラン、それはなんだい？　ずっとそこにあるね」

それは滑り止めを刻んだ、直径3㎝、長さ10㎝ほどの、円筒形の金属製品だった。懐中電灯かと思ったが、なぜか2本並んでいる。

「あれですか？　ハブステップっていうんです。なんて言えばいいかな。チェントロ・パッソ・ディ・シクレッタ？」

車輪の、中心の、足掛け？　ああ、なるほど。

「自転車の車軸に取り付けるのかね？　で、そこに足を乗せる？」

「そうです。二人乗りする時に便利なんで」

「日本では二人乗りできるのかい？」

「ダメです」ローランは笑った「でも、僕が若いころは時々やってましたよ」

彼は、仰向けになった私の喉から顔に、石鹸の泡を塗り始めた。ふんわりと温かい、滑らかな泡が、私の顔を覆ってゆく。耳元で泡の弾ける、微かなシュワシュワという音が聞こえる。

「ブラジルですか」

ローランはつぶやくように言った。

「僕は、ブラジルが嫌いです」

どういうことだろう？　尋ねようとしたが、ローランは髭を当たりつづけている。喋れない。

「それにね、牧師さん。神と悪魔が相容れない？　ははは、僕はいつも闇と光をこの身の中に宿していますよ。何より、とても大事な友達がね」

彼はそう言って、カミソリを私の顔の前に見せながら、タオルでカミソリについた髭と泡をぬぐった。磨き上げた鋼がキラリと光った。

「昔、そいつは僕の首を締めたんですよ。ちょっと思いついたからやってみた、みたいな顔で」

言いながら、ローランは私の喉にカミソリを当てた。泡の中にジュッと音を立てて刃が沈む。

「でね、もっと本気で絞めりゃいいのに、大して力もかけてないんですよ。僕はね、自分で自分の首をもっと締めたことあったのに。あいつなら、もっと絞め殺してくれると思ったのに」

ごくり、と喉仏が動くのを止められなかった。だが、私はじっとローランの言葉を聞いていた。

「こいつが俺を殺すならそれでもいいや、って思ってんのに。薄目開けたら、そいつ、なんか泣きそうな顔で固まってやがんの。なんか、自分もいつか死ぬってことに気づいたガキみたいな顔で」

ローランは懐かしそうに笑いながら、私の首筋をかすめるカミソリを引っ込めようとはしない。

「あれね、後になってちょっとわかったんですよ。あいつ、きっと、自分の中にも真っ黒いケダモノがいることに気づいたんだって。そんで、それにビビったんだって。ねえ牧師さん、牧師さんなら、それを退けるべき悪魔だって言います？」

私はかすかに顎を引き、うなずいた。そうだ。聖職者として、人の心に巣食う闇を許すことはできない。

「僕はね、そうは思わないんだ。人は誰だってケダモノを飼ってるんですよ。で、そのケダモノは案外、真実を話すんですよ。まあ、そいつの言う通りにするとは限りませんけどね」

ローランの握るカミソリが、首から頬へと上がって来た。

「大事なのはね、自分はケダモノに身を委ねることだってできると知りつつ、必要なら『だが断る』って言えることなんだ。でなきゃ、ただの操り人形でしょ？　神の子羊が聞いて呆れる。そんなの悪魔の飼い犬と立場は同じじゃないですか」

冷や汗をかきながら、私はローランの顔を伺おうとした。普段の彼なら決して話さないことを、淡々と語るローラン。彼は思っていたような人物ではないのかもしれない。

「だって、そう思いませんか？　ケダモノを知らずに、どうやってケダモノを恐れるんです？　怖いって言われたから？　見た目が怖いから？　ハハッ、そいつはずいぶん差別的だな」

正論だ。私ですら納得してしまいそうな正論。だが、だからこそ、危うい。まるでメフィストフェレスの言葉のように。

私はなんとか言葉を紡ごうとした。だが、乾ききった口から漏れたのは、ヒュッという喉の鳴る音だけだった。

「ああ、そんな音で僕の喉も鳴りましたよ。あいつに首絞められてた時。このまま死ぬのかなーってちょっと思いました。別に焦んなかったけど」

カミソリがつーっと頬をなぞる。それから耳の方へ。私はアヴェ・マリアを心の中で唱え始めた。

「だけど、僕が暴れなかったのは、なんでだったんでしょうね」

ローランが反対側の首筋に刃を当てながらそう言ったとき、私はとっさに答えていた。

「それは、君がその友人を信頼していたからだろう？　君の大事な友達も、例えギリギリまで締めたって、それが殺意や悪意じゃないと君がわかってくれると信じてたんじゃないのかな。仮に殺してしまったとしても、君は赦してくれると信じて」

「ああ……そりゃそうか。うん、僕も、あいつが僕を憎んで殺そうとしてるとは思わなかったし。いや、わかんないですよ。憎まれてたのかもしれないんだけど、あいつが僕のこと殺したいほど憎んだなら、殺されてやろうって思っただろうし」

「そうだよ、君は悪魔を退けたんだ。それこそ神の愛に近づく一歩だと思わないかね」

ローランは目をパチクリさせた。それからタオルを取ると、パン！　と一度伸ばしてはたき、丁寧に折りたたむと、髭剃りの終わった私の首と顎の泡をぬぐった。

「牧師さん、僕はさっき、あなたの喉を搔き切ることもできましたよ。今だってこのタオルで絞め落とすのは簡単だ。どうして動かないんです？」

私は自信を持って答えることができた。

「そりゃ、君がそんなことをするはずがないと信じているからだよ、ローラン」

「当てが外れたら？」

「私を殺した君の罪が罰せられることのないよう、私が神に祈る」

「ハハハ。筋金入りだな、牧師さんは」

ローランはそう言って笑い、カミソリで襟足ともみあげをちょっと整えた。それから、ハサミで飛び出した毛をチョンチョンと切った。

「はい、終わりです。すいませんね、変な話しちゃって」

「いや、興味深かったよ、ローラン」

私は財布を取り出しながら答えた。

「さしでがましいようだが、必要ならいつでも教会に来たまえ。礼拝でも告解でもね」

「行きっこないのはわかってるでしょう？　でもありがとう、牧師さん」

「気にすることはない。君が私にあんな話をしたのは、そう……その、君の友人との関係性みたいなものだろう？」

ローランはフフッと笑った。

「さあね。ひょっとしたら、僕の姿をしたルキフェルが、あなたを試したのかもね」

さっと空が翳り、薄暗くなった店の中で、黒い服を着た東洋人がニヤリと笑った。

第4章

先生、あのね

先生、あのね

メイ

小学校最後の2年間は、春の季節だった。

担任はマミコちゃんという名前だったけど、他の先生はマミコちゃんを「シンニン」と呼んだ。マミコちゃんは音楽の先生で、ピアノが上手かった。よく通る朗らかな声で私たちに合唱の面白さを教えてくれた。みんなのお気に入りは「11ぴきのネコ」シリーズだった。絵本を元にしたミュージカル仕立てになっていて、野良ネコの仲間たちが冒険する物語だ。マミコちゃんは鍵盤を叩きながら、私たちを巨大な魚釣りや雲を追いかける旅に連れて行ってくれた。ふだんは先生の言うことをまったく聞かない男子までもが、マミコちゃんに伴奏をねだるのがおかしかった。

マミコちゃんは体格がよかったので、ジャージもよく似合う。でも茶髪にバレッタをつけてかわいくしているところが、体育の先生と違うところだ。ドッジボールも本気でやる。怒ったときは、大きな目から涙がこぼれたときもあった。マミコちゃんはまだ、大人と子どもの間にいるんだと思った。

私はマミコちゃんと一緒にいたくて、放課後いつも最後まで残っていた。夕日が斜めにさしてきて「帰りなさい」と言われるまでねばった。そういう子が他にあと2、3人いた。その子たちは、先生の手をぐいぐい引っ張って校庭に連れ出した。私はその手には触れられず、ちょっと離れて歩くことしかできなかったけど満足だった。

私は、大人が喜ぶ読書感想文の書き方を知っている。美術コンクールでクラス代表に選ばれる程度の描き方も知っている。でも、マミコちゃんとの連絡帳には、ちょっとだけ本当の気持ちを書くことがあった。漫画の言葉を借りた、かわいげのない書き方しかできなかったけど。

でもマミコちゃんはそういうことには敏感で、必ず返事をくれた。その返事から、マミコちゃんは教室での私をよく見てくれているんだとわかった。

マミコちゃんは、私の中の「春」だった。

ニュースでMという男の人が捕まったと報道された。

Mは東京と私の住む県で、小さい女の子を4人も殺したそうだ。テレビでは「わいせつ」という言葉が繰り返された。顔写真が出て、どこかで見たことがあると思った。その人が移動した場所が地図の上に表示されていて、ウチの市の近くにも来ていた。まさかと思って女の子が殺された年を確認したら、そのタイミングまでほぼぴったりだった。

あれは私が小学2年生ごろのことだ。下校中に一人だった私に、〝お兄さん〟みたいな人が声をかけてきた。友だちのお兄ちゃんよりはずっと年を取って見えたけど、お父さんよりは若い。色のはっきりしない服を着て、もっさりした感じだった。道路に面した団地のエントランスだった。

その〝お兄さん〟は、「キスしていい？」と聞いた。何も言えないでいると、私の口に自分の口をくっつけてきた。ぐちゅぐちゅとナマコみたいな舌で口の中をかき回された。その後に「パンツに手を入れていい?」と聞いた。さすがにそれには応じなかったけど、今度は「写真ならいいでしょ」と建物の裏に連れていかれた。芝生の上にランドセルを置いて、体操座りをした。「ブルマが見えるように」と頼まれて足を開いた。これらは何のためにしているのか、まったくわからなかった。

〝お兄さん〟は、「ありがとう」と言って去っていった。私は黙って家に帰った。誰もいなかった。水道の蛇口をひねると、口を洗った。洗っても洗っても足りない気がした。本能的に「これは誰にも話してはいけない」と思った。特に母に知られてはいけない。きっとぶたれる。ぶたれるどころじゃすまないかもしれない。そのうち袖や襟や髪の毛まで水でびしゃびしゃになった。それでも洗い足りない。私は悪いことをした。

「イヤだったら、ちゃんとイヤって言っていいのよ」

だいぶ前、いじめっ子から荷物番を命じられていた。買い物帰りにたまたま母が通りかかって、物置の前で動けない私を憐れむようにそう言ったのだ。

私は混乱した。ピアノの練習中に「眠い」と一言こぼしただけで、鼻血が出るまで殴ったのは母だった。あのときはダメで、このときはいい理由がわからなかった。でも聞けなかった。「イヤ」を表明するためには、きっと高度な技術が必要なのだろう。

〝お兄さん〟のことは、言ってよいことなのか分からなかった。もし、母を怒らせてしまう危険性が少しでもあるなら回避すべきだ。

そうして私は、心のダストボックスに〝お兄さん〟をしまい込んだ。そのゴミは回収のあてもないまま放置され、新たなゴミが積み重なることで見えなくなっていった。
4、5年経って、Mが逮捕されていたことを知った。
あるいは、私が出会ったのはMではないのかもしれない。しかし、「有名人に会ったことがある」というノリで話してみたら面白いんじゃないかと思った。心はだいぶ麻痺していた。

なんでそのタイミングだったのか、今でもよくわからない。目の前には青空が広がっていて、そこにはマミコちゃんがいた。体育の授業の真っ最中だった。

——先生、あのね
だしぬけに話した。笑い話にできると思っていた。

でも、マミコちゃんの目は大きく見開かれたあと、悲しそうになって、怒ったようになって、最後はなんだかわからない顔になった。

少し間があって
「どうしてもっと早く言わなかったの」

それだけ、やっと。

本当はその続きがあったのかもしれないけど、クラスのみんなに引っ張られてどこかへ行ってしまった。仕方ない。今は授業中なのだから。

もういいやと思った。

きっと私がされたことは、マミコちゃんの表情にすべて集約されているのだろう。私がもう感じられなくなったことをマミコちゃんが代わりに感じて、私に見せてくれた。これ以上何を望むというのか。

ゴミの塊をそっとダストボックスに戻す。

ちょっとだけ軽く、小さくなっているような気がした。

それで充分だ。

ウィスキー・キャット

鳥紅庵

彼は昔、ウィスキー・キャットだった。スコットランドのウィスキー醸造所で、モルトを食べに来るネズミを退治するのが仕事だ。ネズミをくわえて行くと、男たちが彼を褒めてくれる。そして何か、ご褒美をくれる。それは鶏の頭だったり、羊のモツだったり、ミルクだったりした。寒い夜は蒸留釜の近くで眠った。蒸留釜は火を落としてもしばらく温かく、丸くなっていると春のお日様のようにほこほこと気持ちよかった。

ただ……正確に言えば、彼はある日フラッと現れて、ネズミを獲るようになったネコだった。つまりは野良猫なのだが、フリーランスのウィスキー・キャットと呼ぶ方が、彼のプライドは満たされたであろう。

それからいろんな場所を転々とし、いろんな冒険もして、彼は今、薄暗い物置にいる。ここには不用品がしまい込まれているのだ。積み上げられた箱やゴミ箱の上に、猫は丸くなっている。だが眠ってはいない。薄目を開け、鋭い視線で物置を見張っている。不穏な気配があると耳がピクリと動き、チラリとそっちを見る。大概はそれでおさまるのだが、それでも黙らない時は、問答無用でビシッと猫パンチをお見舞いするのだった。「黙っていろ!」と言うように。

そう、彼の仕事はこの物置の管理である。ここにしまい込まれたガラクタは、どれも「よくない、ネズミみたいな奴」だ。彼には、それを消すことはできない。だが暴れたり溢れ出したりしないよう、デンと寝そべって押さえ込み、睨みを利かせ、時にひっぱたくことはできる。

彼は猫なので、ご主人様はいない。ただ、ひそかな友達はいた。自分のことを大好きな子供たちだった。とはいえ、奴らは猫の扱い方を知らない。だから、彼は子供の近くで、かつ、邪魔の入らなさそうなところに居を構えたのだった。それに――そこにはネズミみたいなものがいた。暗がりからコソコソ出て来て大事なものを齧ってしまいそうな奴が。彼はウィスキー・キャットであった頃を思い出し、ネズミ退治を自分の仕事にした。

つまり、彼は今や、フリーランスでボランティアのウィスキー・キャットなのだった。


その子は時々、ひっそりと物置にやって来た。そして、うつむいてゴミの塊をゴミ箱に入れ、去って行った。最初のうちは本当に辛そうだった。こっそり泣いていることもあった。血を流していることもあった。猫は物置の片隅から、その子を丸い目でじっと見ていた。

物置のドアが閉まると、猫はピクリとヒゲを震わせた。ゴミ箱がガタガタと動いたのだ。せっかく閉じ込めたネズミが外に出ようとしている。ゴミ箱の蓋が持ち上がり、黒いものがチラチラと外を伺った。猫は一跳びしてゴミ箱に飛び乗り、蓋をガン！　と叩いた。ネズミどもは恐れをなしてゴミ箱の中に縮こまった。

これでいい。

猫には気になることがあった。最近のその子はただ黙ってやって来ては、無表情にゴミ箱に何かを捨てていくのだった。そして、物置にしまい込まれる箱とゴミがどんどん増えていく。自分だけでは目が行き届かなくなったりはしないか。仲間たちを呼んだ方がいいだろうか。自分には10匹ほど、仲間と呼べる猫がいる。彼らなら手伝ってくれるだろうか。

だが、時々、ゴミが減ることもあった。ある時は黒い服を着た若い男がガラクタを持ち去った。唇を腫らした高校生が、涙をぬぐいながらゴミを持ち去ったこともあった。突然ピンクの象が現れ、鼻から水を出して物置の床を洗い流して行ったこともあった。猫は目を丸くして見つめていたが、象は耳をぱたぱたさせると、ヒョイと消えてしまった。

そういえば、以前にこんなこともあった、と猫は思い出す。

あの日、女の子はずぶ濡れでやって来た。濡れるのはよくないことだ。雨か？　と思ったが、雨は降っていなかった。その子は青い顔で、ゴミ箱にそれを投げ込み、逃げるように去って行った。

それはかなり、厄介な相手だった。叩くと引っ込むのに、決して大人しくならない。常にどこかでこちらを伺っているようだった。猫はいつも、その箱に特に注意を払っていた。

ある日、そのゴミ箱が、ガタガタと動いた。まずい。猫は蓋を押さえた。だめだ、押さえきれない。と思ったら、女の子が自分で蓋を開けようとしているのだった。ダメだ、こんなものを開けるな。猫は「にゃー！」と鳴いたが、彼の声は女の子には聞こえない。誰か！

その時、物置がガラッと開いて、ジャージ姿の若い人影が立った。そして、春の日差しのようなものが、物置にさっと差し込んだ。ああ、これはお日様だ。ひだまりだ。あの日の、蒸留釜のような。女の子はじっと春の日差しを見つめた。這い出そうとしたネズミは日差しを浴び、目を押さえた。今だ！　猫は狙いすまして、ネズミをひっぱたいた。そして、ゴミ箱に蓋をすると、その上にデンと寝そべった。

これでいい。あのやっかいなネズミも、少しは大人しくなったろう。

ああ、この日差しは気持ちがいい。そうだろう？　猫は目を細めて、女の子を見た。

もしもあなたが手紙を読めたなら

——拝啓、ウィスキー・キャット様

あなたと別れてから、ずいぶん経ったような気がしますが、元気に過ごしていますか。


あの日は本当に突然でしたね。

私もまさかトラックが突っ込んでくるなんて思わなかった。

でも、あの子を助けられて本当によかった。

ほら、だって私もう何年生きられるか分からなかったでしょ?

あなたのおかげで充分幸せだった。

だから、最後の命は誰かのために使おうと思ってたの。あの子は今元気ですか?


唯一の誤算は、ここではあなたと一緒にいられないということ。

係の人に「物置は一度きれいに清掃しますので、猫の必要はありません」と言われてしまったの。

そりゃ物置が伽藍洞になったとしても、私はあなたといたかった。

メイ

あなたのほこほことした体もこそばゆいヒゲも、ちょっと眼つきの悪いところもぜんぶ好きだった。

泣きつかれたとき、傍で寝てくれましたね。

春の日差しのような温もりは今でも忘れません。


でも、ここはちょっとあなたには窮屈かもしれない。

雲の上にはネズミが隠れる影がまったくないのです。


あの大きかったゴミ箱を覚えていますか?

こっちで蓋を開けてみたら、中身が梅干しのタネみたいに小さく干からびていたの。

なんだか笑えますよね。

あなたと物置で過ごすのが楽しくなったころから、薄暗かったあの場所が明るくなっていった気がします。

あなたは全然喜んでくれなかったけど、ディズニー映画のお姫様みたいなテーブルセットやキャットタワーも置きましたね。

猫じゃらしなんて、ビシっと猫パンチした後は見向きもしなかったけど。


雲の上は暇です。

なので、起業してみました。

猫の派遣業です。

実はこっちに、あなたの昔の仲間だっていう猫がいてね。

(猫でも命が尽きたら来ていいみたい)。

アドバイスをもらいながら始めています。


あなたと離れてから、こちらでたくさんの子供に会いました。

中には、雲の上の生活を自ら望んだ子もいるの。彼らの物置に、猫はいなかった。

そこに、もし、あなたのような――

ええ、わかっているわ。猫は、人間の道具なんじゃかないって。


あなたも、私も、自分の上に「主人」を持たないと約束しましたね。


だから、派遣業というよりはマッチング・サービスに近いかもしれない。

こちらには、人間のありとあらゆるデータベースがあり、猫を必要としている人を見つけ出すことができます。

あのね、こっちじゃ猫も暇なのよ。

だから彼らの意思にもとづいて、行きたいところに行ってもらうのね。

一番苦労したのは移動手段だったけど、あなたのお仲間が住んでいた国（あなたがいた国ではないらしいけど）に、冬しか使っていない「そり」と、それを引っ張ってくれる大きな獣がいることがわかったの。

所有している団体が、偶然にも子供の幸せを願う活動をしているということで、使わないときだけ貸してもらえることになりました。

世界中のおうちに直通の交通網！　ステキだと思わない？

雲の上からは、あのときの校庭や国道沿いの川や市民公園がとても小さく、遠いものに見えます。

あれだけ苦しかったのに、ちょっと寂しくなるのはなぜでしょうね。

ダメね。

名残惜しいと、手紙はいくらでも書けてしまうみたい。

この辺で筆を置きます。

愛するあなたに、羊のモツとミルクを

XOXO

猫の帰る場所

鳥紅庵

その人はいなくなった。突然突っ込んできたトラックに轢かれかけた子供を助けようとして、自分が巻き込まれたのだった。子供は無事だった。だが、その人は助からなかった。

その人は年齢を重ね、大学に行き、就職し、出会いや別れがあり、海外で暮らしたこともあった。ウィスキー・キャットは、常にその人と共にいた。猫はずっと、物置の番をしていたが、次第に物置のガラクタは静かになっていった。不意に暴れ出して抑えられないことも、滅多になくなった。以前はふとした景色や一言で、黒いネズミのようなものが溢れ出して、猫にも追い返しきれないことがあったのだが。

もう一つ、変わったことがあった。ある時から、その人は猫に気づいたようだった。といっても、話ができたわけではない。そっと物置を訪ねてきて、猫と遊ぼうとするだけだ。

生きている人間は、猫とはしゃべれない。だが、眠っている間は、少しだけ自由になれる。そんな日は、猫もその人の隣で丸くなるのだった。とはいえ彼は自由を愛するウィスキー・キャットだった。ぷいとそっぽを向いたまま、その人がくっついてくるのに任せるだけだった。ただ、尻尾だけはパタン、パタンと揺らしていたが。

その間に、その人は猫にいろんなものを持ってきてくれた。ウェディングケーキみたいなキャットタワーは、彼の好みではなかった。何より、彼には仕事があった。ゴミ箱の上に寝そべって押さえつけるという仕事が。キャットニップは目障りなので一撃ではたき落した。一度は遊んでやったのだから、それでいいだろう。

暗く寒かった物置は、少しずつ暖かくなっていった。今はもう、「部屋」と呼べるほどだった。そして——終わった。

ウィスキー・キャットにとって、別れは初めてではなかった。番人をやったのも二度や三度ではない。第一、彼自身が、とっくに死んでいるのだった。もちろん、その人と同じ場所へ行くことができるのは知っていた。だが、彼は雲の上が今ひとつ好きになれなかった。退屈だし、なにより、係員の態度が嫌いだった。だから彼は、しばらく何もする気になれず、ゴロゴロしていたのだった。

そのうち、彼はある女の子に気づいた。その子が抱え込む黒ネズミは、あまりに重かった。彼も、おそらく自分だけでは対処できないことを知っていた。だが、彼は誇り高いウィスキー・キャットだった。ネズミが多すぎて逃げ出しました、なんて猫のやることではない。彼はその子の物置にスルリと入り込み、一晩中、黒ネズミどもといたちごっこを続けた。いや、実際は昼も夜も、だったろう。その子の抱えた闇はあまりに重く深く、昼夜なしに真っ暗なのだった。その子が闇の中でもがいているのと同じく、ウィスキー・キャットも、闇の中で孤独な戦いを続けた。

そして、その日が来た。

その子はフラフラと物置に入ってきた。その視線は猫を素通りした。そして、乱雑に積み上げられたゴミ箱の一つに手をかけると、両手で持ち上げて床に投げつけた。

蓋が外れ、真っ黒な何かが抜け出してきた。その子は次のゴミ箱を投げつけ、さらに投げつけ、ついには積み上がったゴミ箱を蹴り飛ばした。今や物置は逃げ出した黒ネズミでいっぱいだった。彼は手近にいる何匹かを叩き落としたが、とても手に負える数ではなかった。黒ネズミはもはや、ネズミと呼べるものではなかった。物置いっぱいに膨れ上がった醜い怪物が、その子をあざ笑っていた。お前なんか、お前なんか、お前なんか……その子は決めてしまったのだ。もうゴミ箱にしまい込むことすらしないと。溢れ出す黒ネズミを自らにつきつけることで、もう全て終わりにするのだと。

猫は一瞬、迷った。このままでは勝てない。それどころか、自分も巻き込まれる。こういう形での死はゴミも黒ネズミも、そして猫も、全てを区別せずに連れ去り、消し去ってしまう。溢れ出す絶望と悲しみはそれほど強いのだ。本人がどれほど達観したつもりでも。

猫は物置の入り口に孤独な決意が絡みつき、閉ざそうとしているのを見た。扉が閉まる前に抜け出さなければ、自分も消える。

それがどうした。

猫は口の端で笑った。自分はウィスキー・キャットだ。誇り高いスコットランドの職人たちの相棒を務めたのだ。あの男たち。出会った仲間たち。春を運んできてくれたあの人。黒い服の男。泣きながら悲しみを持ち去ろうとした高校生。呑気なピンクの象。そして、子供を助けるためにその身を投げ打った、あの人。

ウィスキー・キャットは意気揚々と、巨大な怪物の首筋に飛びかかった。だが怪物は猫を一振りで弾き飛ばした。その瞬間――

「ホーホーホーホー!!!」

物置の中に真っ赤な光が差すと同時に、壁をブチ抜いて巨大なものが飛び込んで来た。危うく体を丸めて着地した猫が見たのは、珍妙極まりないものだった。でっかいシカのような獣が数頭、空中を駆けている。その獣たちは橇を引いている。そして、橇には猫たちがギュウギュウ詰めだった。

猫たちは一斉に毛を逆立て、怪物に襲いかかった。怪物はあっという間に黒ネズミの群れに解体され、追い立てられ、散り散りになってゴミ箱に逃げ込んでいった。あっちでもこっちでも、猫たちがゴミ箱に蓋をすると上に座り込み、ひっぱたき、フシャーッと威嚇していた。

「よう、酔っ払い」

彼に声をかけて来たのは、1匹の猫だった。その猫には以前、出会ったことがあった。そいつは彼のことを「酔っ払い」と呼ぶのだった。イングランドのスカした野郎だ。ラリーといって、おカタい所に勤めていたのが自慢だった。

「何の騒ぎだ、これは」

「これがガーディアン・キャットInc.さ。社長に頼まれたんだ」

「あの子を助けに来たのか」

「それもあるが」ラリーは思わせぶりに間を置いた。「お前もだな、酔っ払い」

「俺?」

「このままじゃお前も消えちまう、ってさ」

「フン。猫のくせに命令を聞くのか」

「まあ、俺はダウニング街に勤めていたこともあるから？　だが、命令じゃないよ。あの人の頼みだからさ、一回くらい聞いてもいいじゃないか」

ウィスキー・キャットは口をつぐんだ。どうにもこういう展開は苦手だった。

「ここは獲物が多いな」

ラリーは物置小屋いっぱいのゴミ箱を見ながら言った。

「どうする？　ここを引き受けてもいいって猫も何匹かいる。そいつらを回すか？」

「そうだな」

ウィスキー・キャットは職人の目で見回しながら言った。

「それでもいい」

「わかった。じゃあ、何匹か残ると思うよ。あとな、お前、ちょっと有名だぞ。なにせ、伝説のウィスキー・キャットだからな。ま、首相官邸ネズミ捕獲長だった俺ほどじゃないが」

「さっさと帰れ。第一、お前は職務怠慢で降格されただろうが」

「わかった、わかった」

ラリーは器用にヒゲを震わせると、橇に飛び乗った。猫たちもそれに続く。

「お前、うちと契約する気はないか？」

「ない」

ウィスキー・キャットは即答した。彼に主人はいない。ただ、自らの誇りにかけて仕事をこなすだけだった。

「だと思ったよ。まあ、気が向いたらいつでも言ってくれ。帰って来る気もないんだろ?」

「今、俺の帰るところは、ここだ」

目を閉じてうなずいたラリーが、ふと振り向いた。

「あ、お前、伝言か何かないか?」

「さあね」

ウィスキー・キャットは顔を洗いながら答えた。それから、ふと思い出したように付け加えた。

「ああ、そうだ。くれるなら、ミルクよりベーコンの切れっ端の方がいい、と言っといてくれ。そのうち食べに帰るから」

番外編　儂があんな服を着ていた頃

鳥紅庵

「もう一杯」

その常連客は、ジョッキをバーテンに突き出した。

バーテンは黙って新しいジョッキにサーバーからビールを注いで、客の前に出しながら、内心ため息をつく。

支払いは渋らないから心配ないが、それにしても飲みすぎだ。週に3度は来て、黙々とビールを空けて行く。下手するとウォッカだ。アクアヴィットはないかと聞かれたこともあるが、この店にそんなものあるわけがない。自慢じゃないが、ウチは古いだけでシケた店なんだ。

爺さん、今日はチェックのワークシャツに履き古したいジーンズだ。何をしているのか知らないが、いつも休日のオッサンみたいなナリだ。まあ、とっくに仕事を引退して悠々自適の酒浸りなんだろう。禿げ上がった額と、白い髪。そして、ヒゲだ。やけに立派なヒゲを伸ばしている。

バーテンは暇つぶしに、もう3回は磨いたグラスを、また磨いた。1年以内に、このグラスは俺に磨かれすぎて形がなくなる、と思いながら。

老人は黙々と酒を飲んでいた。飲んだところで彼は酔いはしない。いや、言い直そう。「酔うことさえできない」。

彼とて、夢と希望に燃えていたことがあった。なんとかして世界を変えようと。世界の子どもたちに笑顔を届けようと。自分は子どもの味方。子どもたちは、みんな自分が大好き。

いや、それは嘘ではない。毎年、彼のもとには子どもたちから手紙が届いた。彼はできる限り、お返事を書いた。素直でかわいい、良い子たち。

だが……彼は見てしまった。いや、ずっと見ていたのだ。親に売り飛ばされる子どもたち。年端もいかぬうちに嫁入り先を決められ、嫁がされた子どもたち。殴られ、蹴られ、それでも泣いて親にすがり、ごめんなさいごめんなさいと泣き叫ぶ声が、耳から離れなかった。無邪気な目で引き金を引く少年兵たち。宗教がどうとかの理由でさらわれる女の子たち。貧困の中に、目を虚空に据えて座り込む子どもたち。世界とはそんなものだと思いつめ、自棄に走る子どもたち。「きっと自分なんか」と足を踏み出せない子どもたち。そして、その果てにこの世を捨ててしまう子どもたち。

彼は無力だった。彼のことを無邪気に信じる「よい子」たちには幸せを届けることができた。だが、彼の名さえ知らない、知っていても信じることなどできない、そんな子たちに、彼の手は届かないのだった。本当に彼が救いたい子たちには。

But it's sad and it's sweet and I knew it complete
When I wore a younger man's clothes

聞こえて来た音楽に、彼は皮肉に嗤った。

(そうさ、儂が「若者の」服を着ていた頃のことだ。甘い思い出も悲しい思い出もよく知っている。だが自分がどれだけ働こうと世界は悲しみにあふれ……そして、儂は逃げたんだ。幸いにして、NPOが仕事を引き継ぎたいというのでそこに丸投げして。顧問ということになってはいるが、儂はもう終わったんだ。何もかも、役に立たないんだ。子どもたちがまだ儂を信じてる? それが何になる。優しい両親が儂の代わりになんだってしてくれるさ)

彼は昔の部下のことを思い出した。見かけのせいで皆にいじめられ、自分は役立たずだ、自分なんかダメだと思い込んでいた。だが部下は諦めなかった。泣きながらいつも一人で訓練していた。だから、彼はその部下を大抜擢したのだっだ。何より、夜道を走るのが得意だったから。そして、彼はまた自嘲に沈む。儂にはそんな特技さえない。ただの、鼻の赤い飲んだくれだ。

Jingle Bells! Jingle Bells! Jingle all the way…
やめろ! 彼は耳を塞いだ。バーテンがちらっとこっちを見たが、すぐ目をそらした。そうさ、飲んだくれの爺いなんか誰も気にしちゃいない。
Jingle Bells! Jingle Bells! Jingle all the way…

音楽は止まらない。そこで、彼はその曲が実際に聞こえているのに気づいた。そうだ、仕事用の携帯だ。滅多に鳴ることもないから忘れていた。彼はノキアの携帯を、ポケットから取り出した。

「……はい」

「顧問！　緊急です！　今、いいですか？」

「今、かね」

彼は時計を見るフリをした。いや、時刻など無意識にわかる。なにせ、日没と同時にスタートして、夜明けまでに何としても仕事を終えなくてはならなかったのだ。回るべき家は無数にあった。

「すぐ飛んでください！　遠くありません！」

「ちょっと待ちたまえ」彼は眉を寄せてオペレーターに言った。「そもそも季節が全然違うだろう。何事かね」

「ガーディアン・キャットからの緊急要請なんです！　今行かないと、あの子が！」

あの子。その一言が胸を刺した。数々の子ども達の目が頭に浮かぶ。だが……

「いや、いや。私はただの顧問だよ。現場の立場じゃない。それにそんな個別要請は聞いたことがないぞ。この仕事に例外はないんだ」

「例外の前例ならありますわ」

いきなり電話の相手が変わった。

「お久しぶりですわね。ガーディアン・キャット社ＣＥＯです。時間がないので要件を手短に。まず、ポーラーエクスプレス事件。人間の男性に業務委託したこともありましたね。そして――」

ヤバい。彼の額を、冷や汗が流れた。

「あの大失態は、どうなさるのかしらね？　こともあろうに誘拐された上にホリデイを乗っ取……」

「わかった、わかった！」

彼は携帯に叫んだ。

「何をすればいい！」

「今すぐ、うちのスタッフと一緒に、座標＊＊＊：＊＊＊：＊＊＊に向かってください。女の子が自死しそうなんです」

自死。一番聞きたくない言葉だ。幸せになってほしいのに。世界の裏側にいる知らない子とだって、子どもたちは笑顔でつながってほしいだけなのに。そう、彼は思い出していた。彼が配りたかったのは、プレゼントなんかじゃない。彼が幼かった頃、両親を失い、人の家に預けられて育ったあの頃。自分が不幸だったとは言わない。だが、悲しい目にあう子どもがいなくなってほしいと思った。自分のような思いをする子がいなくなれば、と。もっと悲しい思いをしている子が、いなくなればいいと。

世界を相手にするのは、誰だって疲れる。だが、今そこにいる子を見捨てて、一体誰を助ける？

「わかった。ところで、なぜ儂を？　ドライバーなら他にもいるはずだ」

「あなたに頼まなくて誰に頼むのかしら、クラウス？　あなたは最高の御者、そして、誰よりも子どもを愛し、救ってくれる人だと信じているからですよ」

頰を張られた気がした。そうだ。しゃべっている場合じゃない。彼はカウンターに金を放り投げ、ドアを開けて飛び出した。そこにはすでに、長年の相棒たちがいた。夜道に止まった、トナカイの引くソリだ。先頭にはハザードランプみたいに赤い鼻を光らせたトナカイがいる。こいつめ、先回りして待ってやがったのか。しかもソリはオモチャの袋ではなく、ガーディアン・キャットの猫たちで満杯だ。丸くなっている猫、外をのぞいている猫、おしくらまんじゅうに不機嫌そうな猫。自分と同じく、不幸な子どもを見たくないボランティア猫たちが。まったく、自分のやることなどお見通しか。

着替えている暇はない。彼は赤いスーツも帽子もブーツもなしに、普段着でソリに飛び乗った。

「急ぐぞ！　女の子を助ける！」

そうだ、これでいい。自分が全能でないことなんかわかっていた。それでも、やらずにいられなかったんだ。

彼は昔の姿そのままに背筋を伸ばし「ハァッ！」と叫んだ。風を巻いて、ソリはロケットのように急発進し、空に舞い上がった。

But it's sad and it's sweet and I knew it complete
When I wore a younger man's clothes

第5章

0の街に行けば

0の街に行けば

メイ

「あなたの町の象徴的なものは？」と聞かれたら、何と答えるだろう。

私ならアポロだ。

幼いころ、鉄道がなかったこの町に突然現れたモノレール。記憶にあるのは小学4年生ごろからだ。団地と民家と沼以外、何にもないような町だった。

人から聞いた話では、ここに新幹線を開通させる際、地域住民への見返りとしてつくられたものらしかった。立ち退き問題など色々あったのだろう。かわいそうに、オマケみたいなモノレール。モノレールには漢字だらけの正式名称があったけど、大人たちはアポロと呼んだ。

アポロは月ではなく、隣の市のターミナル駅を目指す。

始発駅から終着駅まで30分しかかからない。そうやって律儀に一日に何十往復もする。30㎝定規のようだと思った。目盛りが20を示す地点にはバイト先だった食品工場があり、15には私の住む団地がある。その間には古代蓮を育てている沼があり、誰かがこっそり放したグッピーが思わぬしぶとさで繁栄していた。そして0の地点にはターミナル駅がある。みんなが0を目指してアポロに乗った。

0の街に行けばほしいものは何でもそろった。そこからＪＲに乗り換えれば、どこへでも望む場所に行けた。

0の街に行けば。

0という数字が好きだ。そこには、すべてを無にする絶対的な破壊力があるから。過去も未来も捨て去る、潔さがあるから。

あの日の私は、0になりたかったのかもしれない。

夜だった。居間に家族がそろっていた。母がまたヒステリックに喚き散らしている。標的はいつも通り、私だ。父と弟もその場にいたはずだが、どうしていたか覚えていない。もう言葉の意味も聞き取れなかった。

「売女」「色きちがい」。初めてその言葉の意味を知ったときに吐き気がした。私の辞書が悲鳴を上げ、耳はふさがれることを望み、視神経は脳との接続を拒んだ。だからもう何も感じないはずだった。

母の罵声を浴びながら、頭の中では別のことを考えている。

わが家にある、七不思議のことだ。トイレの壁にある2つの黒い染み、おばあちゃんのお雑煮を褒めてはいけないなど色々あるが、最大の謎は、私が暴力を受けていることについて誰も触れないということだ。幼稚園のころから今まで15年以上なんだから、何か大事なルールなのかもしれない。

というより、父も弟も気づいていないのではないか。母が私に手を上げるのは、たいてい密室で他に誰もいないときだ。弟が歩きはじめたばかりのころは、その場にいたかもしれない。たぶん幼すぎて「1人」にカウントされていなかったのだろう。この子が覚えているはずがない。

その甲斐あって、わが家は平和だ。

母は父が帰宅するとハグを迫るほど仲が良く、店が休みの日には夫婦肩を寄せ合いドライブに出かけていく。弟は母と楽しそうにテレビを見ている。家族4人で旅行に行くこともある。「滝がきれいだった」とみんなは言っていた。もっとも私は、感覚のスイッチを切っているので、ぼんやりとしか覚えていないけど。弟とふざけあって笑うこともある。無感覚人間にも、家族を求める気持ちがないわけじゃない。あれはあれ、これはこれなのだ。この平和が、私がギリギリ人間でいられるための境界線だ。守らねばならない。

しかし、今日は違った。母が私の肩を小突いたのだ。体育館裏の「スケバン」みたいに挑発的な眼だった。

「なによ、その態度は」

私の反抗的な態度が気に入らないらしい。珍しいことにもう何カ月も叩かれていなかったので、油断していた。怒りのスイッチを切ることを忘れていたのだ。

頭が、真っ白になった。反射的に、母を押し倒そうと手が——寸前で押しとどめた。

しかし、コンマ1秒遅れていたら、きれいに染められたロングヘアをひっつかみ、頬を張るぐらいのことをしていたかもしれない。ぞっとした。私にもやはりこの女の血が流れているのだ。暴力に快楽を感じ、傲慢で知性がなく、嫉妬深い呪われた血が。

「なんだよ！　昔みたいに殴ったり首絞めたり、水に沈めたりすればいいじゃん！」

なぜか、そう叫んでいた。

ソファであんぐり口を開けていた弟が、ぼそっと言う。

「え、姉ちゃんそんなことされてたの?」

まずい、知られてしまった。ガラガラと世界が崩れる音がした。大事な柱が折れたに違いない。もう長くはもたないだろう。導火線に火が付く。何か恐ろしいものがあふれそうだ。止められない。

目に入ったのは、母の鏡台に置かれたファッション誌だった。私が捨てようとしたものを取り置き、ときどきうれしそうに眺めていたのを知っている。ひったくるようにして手に取り、ページをありったけの力で破く。巻き髪の外国人女性の顔が裂けた。何か叫んだかもしれないが、よく覚えていない。

家族の視線を感じた。それぞれがどんな顔をしてるかなんて、見たくもなかった。私は、暗黙のルールを犯してしまった。ぎりぎりの均衡で保たれていた平和の園に、禁断の怪物を放ってしまったのだ。もう終わりだ。じきに空も崩落するだろう。

逃げなくては。いや、この怪物を捨てなくては。

私は私を捨てようと思った。でも捨て方がわからないので、私ごといなくなろうと思った。導火線の火がじりじりと迫る、爆発する!

よろよろと机の上の自転車の鍵と携帯電話をつかみ、靴を履き、ドアを開けた。コンクリートの階段を降りる、足がもつれる。早く。自転車の鍵がなかなか入らず、怖くなった。大丈夫、空はまだ落ちていない。今のうちに走れ、できるだけ遠く!

全力でペダルをこぐ。前が見えない。どこを目指せば、どこに行けばいいのだろう。どこに——?

気付けば、アポロの駅の前にいた。そこは小さな公園になっていて、のろのろとアポロが走るのがよく見える。もう遅い時間だから、15分おきだ。場内アナウンスが響くたびに吐き出される人たちが、私が来た方向に消えていく。

0の街に行けば——。

夜を凌ぐ場所を考えている。ダメだ。財布を忘れた。

いや、本当にそうか？　お金があったとして、私は0の街に行けただろうか。こんな化け物を受け入れてくれる居場所なんて、どこにある？

携帯電話が鳴った。父からだった。

「今どこだ、とにかく帰ってこい」

笑ってしまった。この人、誰に言ってるんだろう？　ああ、娘と勘違いしてるのか。

どうしたら家に帰れるのか、見当もつかなかった。いつも通る道なのに、もうそこには道がないんじゃないかと思った。あったとしても、それはもう私の知る道ではない。

アポロが光の筋を描いて、走り去った。

私はいつか、0の街の〝先〟に行こう。

そこには怪物の居場所だって、きっとあるはずだ。

ZERO

鳥紅庵

計器板にパチンと航空時計をはめ込んだ。風防越しに膨らんだ機首銃覆と、つや消し黒の発動機覆が見える。その向こうは空。開けっ放した天蓋から、湿った風が入ってくる。

燃料弁を確認。標準燃料の航空91揮発油さえ、今は貴重だ。MCは手動操作、混合気は一番濃くしてある。プロペラピッチ最低。カウルフラップ全開。地上ブレーキは踏んだまま。手動ポンプで始動用の燃料をシュコシュコと「注射」する。右足で操縦桿を巻き込むように引っ掛けて思い切り手前に引く。右腿にくくりつけた記録板が邪魔だ。

「準備よし！」

整備員がイナーシャ・ハンドルに取り付き、「せーの」で回す。キュルン、キュルンという音と共に、次第に勢いをつけてハンドルが回り出した。

「コンタークト！」

頭上で手を回しながら一声叫んで、スロットルをわずかに開け、イナーシャと発動機を連結。素早く電源を入れる。バッバッバッと音を立てて、プロペラが回り始めた。バウン！という轟音と共に機体が振動、発動機が目覚めた。バババババッと爆音を上げながら単排気管から煙が吹き出し、操縦席まで吹き付けてくる。油温と気筒温度が上がり出すのを片目に、慌ててマフラーをあげて、鼻を覆った。飛行列線に並ぶ戦隊各機が始動を始め、轟音が響き、バリバリと共鳴する。

20分ほどかけて、高度８０００ｍまで上がる。かなり高い高度とはいえ、本来、零戦はもう少し早く上がれるはずだ。だが、整備しようにも部品の供給は不足し、その品質も次第に落ちている。

隊長機が空中待機の合図を送ってきた。無線電話は不調だ。無線電信なら使えるのだが、交戦中にトンツーやっているわけにはいかない。噂に聞く、アメちゃんの機体がこういう時は羨ましい。

15分後、彼は同高度にキラリと光るものを見た。ほどなく、電鍵がトントン、ツーと動き出した。

我ニ続ケ。

隊長機が飛び出した。続いて彼もプロペラピッチを増やしつつ、緩降下。巡航速度だった編隊が、速度を上げながら敵機に向かい始めた。だが、高度を落としすぎてはならない。上昇するのに手間取っていると逃げられる。排気タービン付きのB－29《カラス》ならこんな高度はお茶の子だろうが、こちとら発動機が本調子じゃないんだ。


俺は昨夜の兵舎での会話を思い出していた。

搭乗員の溜まり場になっている食堂では景気のいい話が続いていた。厚木で新型機を見たという一人は、その機体がいかに素晴らしいかを語った。新型の発動機を積んで３４０ノットも出る、しかも20ミリを４丁積んだ強力な機体だ。それに、空戦フラップが自動式なんだ。あれならアメ公もイチコロだ。

そんな時に、兼田が口開いた。

「勝てると思うのか」

それは疑問の形をとっていたが、意味するのははっきりと、「勝てるわけがない」だった。

「なんだと、貴様。何が言いたい」

血相を変えた数人が詰め寄る。兼田はいつものように壁にもたれて、そっちを見た。

「零戦では馬力も速度も足りない。ツッコミも遅い。それを踏まえたはずの雷電はどうだ？　三〇二空の連中に言わせりゃ、あれは殺人機だ。重爆相手ならともかく、戦闘機と空戦なんかできっこない。おまけに数も足りていない」

「だから新型機があるんだろうが」

「ああ、俺だって期待したい。だが今から間に合うのか。俺たちがここにいるのだって、乗るべき空《フ》母《ネ》がないからだぞ」

「それは……」

そう、自分たちはB－29の大群を、何度も見ていた。編隊での迎撃が間に合うとは限らない。機数が足りないと、敵の防御機銃や護衛戦闘機に阻まれて迎撃もままならない。出撃のたびに5機撃墜、15機撃破などと威勢のいい報告はされるが、だとしたら連日飛来する、ちっとも減らない敵機は敵の底知れぬ生産力を示すばかりではないか。逆に減っていないなら、報告された戦果は過大だ。いや、恐ろしいことに、その両方ということもあり得る。

兼田は頭のいい男だった。空戦機動も要領よく理解し、難物の航法計算も得意だった。計算尺を渡せば、いや、下手をすると暗算でも、航法をやすやすとこなすのだった。まるで奴には答えが最初から見えているようだった。搭乗員たちは彼を「千里眼」と呼んだ。彼が「そうなる」と言えば、まず十中八、九は、その通りになった。

兼田は淡々と続けた。

「昨日、安井が離陸するなり戻って来たろう。気筒の圧抜けに気づかずにオーバーブーストで他の気筒が焼き付いたんだとさ。規格の合わないガスケットを騙し騙し組んでたせいだ。必死ですり合わせながら」

「だが、そこをなんとかするのが整備兵と搭乗員の腕だろう！」

「それでなんとかしきれないから、こうなったんだろ？」兼田は続けた。「この調子じゃ滑油も燃料もない、機銃もまともに動かないなんてザマになるぞ。それまでに終わればいい……。だが、こんな状態で勝って終われるとは思えん」

言ってはならない一言だった。お前、何を！　と言いそうになったが、俺は口をつぐんだ。いや、本当は頭に血が上ったのだ。だが、危ういところで体は止まった。

それは、俺より早く頭に血が上った数名が兼田に飛びかかったのを見たせいだったかもしれない。とっさに引き剥がしに行ったが、兼田は何発か殴られたようだった。食堂が騒然となった。

「何をしとるか！」

その声を聞いた途端、全員が棒立ちになった。隊長だった。隊長はざっとこちらの顔を見渡すと、俺と兼田に「来い」と言った。

人気のない発令所に連れて行かれ、俺と兼田は気ヲツケの姿勢のまま立った。

「楽にしろ。ああ、言わんでいい。話は聞いていた」

隊長は切り出した。

「兼田、お前は自分の言ったことが正しいと思うか?」

「思います」

俺はギクリとした。軍人が負けを公言するなど、ありえない。

「そうだな、正直、俺もそう思う」

隊長はあっさりと認めた。いやそんな、と俺は言いそうになった。じゃあ、あんたはなんで……

「あいつらも薄々わかってる。わからんようならウチの戦隊にはいらん。バカに戦闘機乗りは務まらない」

そう言って、隊長は「ほまれ」を取り出して一本くわえ、俺たちにも勧めた。俺は遠慮したが、兼田はヒョイと一本抜いた。隊長は自分のタバコに火をつけると、兼田にもマッチを差し出した。

「だがな、わかってるが言っちゃいけなかったこと、ってのもある」

「なぜでありますか」

「言ったってどうにもならんからさ」

隊長は答えた。

「どうせ俺たちは負ける。この戦隊も、最後は空中特攻でもやって終わるか、それどころか油がなくて飛べずにおしまいだ。今だって燃料の割り当ては厳しい。手を尽くして、かけあっちゃいるがな」

隊長はフーッと煙を吐く。俺はそれを見ているうちにソワソワしてきた。ちらりとこっちを見た隊長が、黙って1本抜いて渡してくれた。

「だが俺たちは兵隊だからな。やめましょうとは言えん。なら飛ぶしかない」

隊長は暗い顔で吐露した。

「重爆を一機でも撃墜すれば、焼夷弾で死ぬ国民が減る。そうやって、終戦までの時間を稼いでやるのが俺の仕事だと思ってる。だがな、負けを信じて出撃するなんて器用なこと、大概の人間にはできんのだ」

そうか、兼田にはできるんだ。俺は思った。奴には未来が見えている。それでも飛んでいたのだ。

隊長は続けた。

「だから、俺はお前らの幻想を利用した。勝てるかもしれんという思いに縋るにまかせて、時間稼ぎのために死地に追いやってる。鬼と呼んでいいぞ」

隊長はここまで胆をくくっていたのか。今更ながら驚いた。

「一つだけ知りたい。お前はなぜ飛ぶ?」

隊長は兼田に聞いた。

「それは……」兼田は珍しく、口ごもった。「飛びたかったから、であります」

隊長もさすがに、怪訝な顔をした。兼田はポツポツと話を続けた。彼はただ、飛ぶことが好きだったこと。どうせ飛ぶなら最高の機体に乗りたかったこと。最高の機体に乗るからには、最高の飛び方をしたかったこと。

「つまり、お前は自分が最高だと思うために飛んでるのか？」隊長は言うなり、笑い出した。「ハハハハ！　お前は正直だ。戦闘機乗りってのは、どいつもこいつも腹の底で自分が一番だと思ってる。それくらいの負けん気がなきゃ務まらん。だが、それを公言する奴はなかなかいないぞ」

　それから、真顔に戻った。

「そうだ、お前は正直だ。それが悪いとは言わん。だが、それだけじゃやってられない奴らが大勢いる。あいつらは、嘘だと薄々気づいていても、気づいちまったものを封じこんで見ないようにして、なんとか耐えてるんだ。それは、わかってやれ」

　兼田は黙っている。

「さっきあいつらがお前を殴ったのがなぜかわかるか？　神州日本が負けるはずがないから、じゃない。本当に負けるはずがないなら、笑い飛ばせばいいんだからな。神州日本が負けるはずがないと思い込みたいのに、そう思い込んでる間は目を覚ますのを先延ばしにして夢を見ていられるのに、お前が嘘を暴いちまったからさ。図星をさされて逆上したんだよ」

「はあ」

「ま、それをとやかくは言わん。空の上ではシャンとしていてくれってだけだ。だが、真実の化けの皮を剥がされて士気が下がるのも、お前がシメられるのも困る。その辺、ちょいと気をつけてくれると助かる」

「はい」

「俺としちゃな、貴様を重営倉にブチ込むこともできる。だが、そんなことをしても意味がない。ということで、お前にはたっぷり制裁をくれてやったことにして、これで終わりだ。お前は――」

隊長は俺の方を向いた。

「その証人だ。俺は何をやった？」

「厳重な訓戒であります！」

「だそうだ。行っていいぞ」


食堂に戻る気にはなれず、俺は兼田と一緒に外に出た。駐機場わきの、草の生えた原っぱに座る。向こうには覆いをかけた零戦が並んで翼を休めている。

「なあ、お前、ほんとに負けると思っても飛べるのか？」

俺は尋ねずにいられなかった。

「飛べる」

兼田は即答した。

「俺はちょっと、変なんだ。お国のためとか、両親のためとか、そういうのがどうもよくわからない。ただ、やることをやり切らずに、ごまかして死ぬのが嫌なんだ」

「それが、ただ飛ぶってことか？」

「そうだ。俺は飛べる。B公だろうがグラマンだろうが負けない。だから、俺が飛ばずに、日本は負けたと言われるのは嫌だ。俺が飛んでそれでも負けたなら仕方ない。それは俺のせいじゃない」

「なんだかよくわからん」

「そうか」

兼田はちょっと寂しそうな顔をした。俺はこうはなれない、と思った。

B－29の編隊が迫って来た。うまい具合に雲の影に入れたので、向こうは俺たちに気づいていない。高度差は500m。距離を詰めて再上昇するのに、だいぶ時間を食ってしまった。

隊長機がかすかに翼を振り、右手を回してから、敵編隊に向けて降下に移った。俺も僚機と共に操縦桿を押し込み、降下。速度が上がるにつれて上ずりそうになる機体を、操縦桿を押し込んで押さえつける。照準環の中にB－29が広がる。だが、まだだ。巨大な爆撃機はまだずっと遠くにいる。照準環からはみ出し、空中衝突するんじゃないかと思う、そこまで待ってやっと射撃距離に入る。

アイスキャンデーの束のようなものが伸びて来た。爆撃機の背中にある防御機銃がこちらに気づき、発砲しているのだ。最近は我が軍をナメきって防御機銃を撤去したヤツもいるが、こいつは積んでいやがったか。あっちの火線に捉えられるのが先か、こっちが射程内に飛び込むのが先か。それに、どこかに敵の護衛戦闘機もいるはずだ。

腹が冷たくなるまで待ってから、スロットルについた引爪をソッと押した。ドドドドン、と機体が揺さぶられ、両翼の20㎜機銃と機首の7・7㎜、13㎜機銃が火を噴く。曳光弾が敵機の左翼付け根に吸い込まれる。戦果を見ているヒマはない。射撃を中断し、フットバーを蹴り、操縦桿を力一杯、左に巻き込む。零戦は身をひねって、B－29の左後方を抜けた。途端、機体が揺さぶられた。ガガガッという音が発動機の爆音を圧して届く。被弾か！

首をひねって後ろを確認しようとしたが、機体はデタラメに回り始め、すさまじい過重に首をもぎ離された。計器板のジャイロコンパスがグルングルンと回転し、機体が上下左右に傾いていることを示す。高度計がすごい勢いで回り、どんどん高度を失っているのがわかった。クソ、右翼がズタズタで半ばもぎとられている。

機体は地上に迫ってゆく。高度計の針は回り続ける。ゼロを目指して。脱出しようにもこんな状態では天蓋を開けることさえできないし、無理に飛び出したところで暴れまわる機体に叩かれて即死だ。俺はなんとか姿勢を回復させようと操縦桿を握り、フットバーを蹴りながら、昨夜の出来事を考えていた。

兼田よ、すまん。俺も、多分お前の言っていることが正しいと思っていた。だが、あの場で「確かに兼田の言う通りだ」と言う度胸はなかった。それは、俺もどこかで、みんなと同じ幻想に縋りついていたかったからだ。終わりを突きつけられるその日まで、虚しい夢とわかっていても、どこかで幻想を見ていたかった。現実がゼロでしかないことに、俺たちがどんなに出撃しようと、どれほどの搭乗員が失われようと、結局は徒労に終わってしまうことに耐えられないから。

お前は「嘘は嘘」と言い切る強さがあったんだな。その代わりにいろんなものを失ったのかもしれないが。

あの時、虚勢を張るように必勝だなんだと言っている連中を、俺はどこかで見下しながら、でも離れることもできずにいた。そんな自分が嫌だったし、ズカズカと踏み込んで来たお前が怖かった。だがせめて、真実を告げた使者を腹いせに殴るような、そんなことだけはしなかったぞ。いや、とっさに殴ってやろうかと思ったさ。だがやめたんだ。俺はケダモノじゃないからな。正直にこう告げることを、そして考え直してやめたってことを、お前は褒めてくれるか？

俺は多分、このまま地上に突っ込む。なあ、お前はどこかに行けるか？　最高の飛行士だと自分に証明して、自分にだけ証明できればそれでいいと満足して、お前はどこへ行く？

だが、そこは曖昧な生ぬるい群れより、居心地がいいのかもしれないな。たとえ凍えるような風が吹く場所だとしても。何もない、「ゼロ」地点だとしても。

俺もいつか、そこへ行けるか？

操縦桿を引き続けながら、風防ごしにチラっと見えた定規みたいなものがあっという間に広がり、それは線路になり、いっぱいに広がって、高度計の針が０に――

Scene_0

メイ

【登場人物】
私
戦闘服の死者
兼田
中年の女

○S0　アポロの駅

コンクリートの残骸とちぎれた電線、瓦礫の山。
舞台中央、円形のスペース。
2脚の椅子、背中合わせに置いてある。
ピンスポット。
私と戦闘服の死者、椅子に座っている。
戦闘服の死者、目を見開いている。
私、上部に穴の開いた箱を抱える。

天井を仰ぐ。

私（独白）「虚しい幻想だったなんて、気づきたくなかった。たとえ嘘で塗り固められていても、それを誰も口に出さなければ、存在しないのと一緒。私は、最後まで隠し通したかった」

離れた場所にピンスポット。
壁にもたれた兼田。

兼田「でも、その結果、何が残った？　お前は壊れた。神州日本は負け、そこの男も死んだ」

私、立ち上がる。

私「死んでない！」
兼田「死んでるさ。幻想にすがる奴らは、死さえ認めようとしないからな。天国とか生まれ変わりとか、その場しのぎの飴玉で気を紛らわそうとする。お前の家族はどうだ？　ママのつくった飴玉はさぞかし美味しかっただろうな」
私「やめて！　パパは学費の高い大学に行かせてくれたし、ママだって温かいご飯をつくっていつも待っていてくれた。はじめての修学旅行のときは、手紙だって書いて持たせてくれたもの。私は愛されてた」
兼田「そうだな。ある側面では、そうだったかもしれない。愛という言葉は、人類が発明したもっとも有効な飴玉だ」

兼田、2脚の椅子に歩み寄る。戦闘服の死者の目に手を当てる。
戦闘服の死者、目を閉じる。

兼田「あのとき戦況から目を反らし続けた軍人も、隊の仲間たちも、悪い奴らじゃなかった。愛国の名のもとに、勝つと信じて国や家族のために戦闘機に飛び乗った。命を投げ打つ覚悟でな。でも、それは緩やかな死だ」
私「緩やかな死？」
兼田「そうだ。男たちには、使えそうな奴から徐々に召集令状が届く。残った側からすると、宝くじの確率がどんどん上がっていくような恐怖だが、『今すぐ』死ぬ訳じゃない。『最初の当たり』を引くのだけは避けられる——と大抵の人間が思っていたんだ」
私「それだって充分恐い」
兼田「いや、もっと怖いことはあったじゃないか。人前で『日本は負ける』と口にすることだよ。その後はどうなる？　隣組、密告、連行——。24時間つきまとう恐怖だ。一発大当たりの死に匹敵するものだったんだよ。そういう意味では、お前の家族も似たようなものじゃないか」

私「いったい何が言いたいの！」
兼田「あはは、本当は気づいてるんだろ？　お前の大好きなパパも弟も、『最初の当たりくじ』を引きたくなかったんだよ。最初の一人になりたくなかったんだ。小さな家族の輪の中で。箱の中に手をのばさなければ、くじを引くこともないし、箱の存在さえ忘れられる」

兼田、私の手から箱を取り、中から1枚の紙を取り出す。
私に握らせる。髪を撫でる。

兼田「そしてお前が箱を抱え込み、自らクジをひいた。昔から、お前はどんくさかったからなぁ」

ピンスポット。
中年の女、立つ。客席に向け独白。

中年の女「私だって辛かったわ。手を上げたくて上げた訳じゃない。あの子が泣き叫ぶ姿を見て、いつも罪悪感でいっぱいだった」

兼田、中年の女に身体を向ける。

兼田「おばさん、お久しぶりです。あなたもクジを引こうと思えば、最初に引けたんですよ。どうです？」

　兼田、箱の紙を中年の女に差し出す。
　中年の女、怯えるように拒否する。

兼田「この紙一枚持って、愛する旦那様に見せればよかった。しかし、あなたは躊躇したんだ。男に捨てられるのが怖かったから」

　中年の女、スポットライト消灯。
　兼田、ゼロ戦の翼に飛び乗る。腰かける。

兼田「なぁ、お前もそこの兵隊みたいに死ぬのか？　俺は、そいつとなら飛べるかもしれないと思ったんだ。いや、あそこにいた全員だ。自由な野良猫のように任務から解放され、最高の機体と呼ばれた零戦で、純粋に空を遊べたらどんなに楽しいかと思った」

　私、しゃがんで髪をかきむしる。

私　「こんな世界になっちゃって、今さら叶うわけないじゃない！」
兼田「お前もそっち側の人間か」
私　「わかんないよ！　そっちとか、あっちとか」
兼田「お前はどっちに行きたいんだ」

天井から大量の紙、降る。
音楽
暗転

夜間飛行

鳥紅庵

「お前さ、一人で煮詰まってんなよ！」

深夜の稽古場で、綾野は飲み終えた缶コーヒーをガン！　と机に叩きつけるように置いた。

「もう稽古始まってんだぜ？　まだ台本《ほん》直すのかよ！」

「まだ決まらん。というか、わからん」

私は脚本家だ。次の舞台公演のための書き下ろしを作っているところだった。三幕劇だ。ところが、その第三幕が、どうしても納得いかないのだった。

「わからんて、どこがだよ？　俺はお前のあの台本、いいと思うぜ。赦しと再生、いいじゃないか」

私は黙ってうつむいた。手元には書き込みだらけの台本がある。さらに原稿用紙とパソコン。

タイトルは『ゼロの空』。なんとか形を保っていた世界が自分のせいで崩壊したと思いつめ、「ゼロ」と呼ぶ終着駅へとあてどなく駆け出そうとする女が第一幕。敗戦へと突き進むことを予感しつつ、受け入れがたい現実に目をつぶって出撃するゼロ戦パイロットが第二幕。そして第三幕は、ジャッジであり真実を告げる者が嘘を暴きながらも全てが赦され、再生へと向かう、そんな物語だった。綾野は二幕と三幕に登場する、兼田という孤高の天才の役だ。

クッソくだらねえ

私は声に出さずに呟いた。だが、それは音になってしまったのだろう。綾野は細い目をさらに鋭くした。

「何がだよ」

「納得いかねえんだよ！」私は叫んだ。

「なんつーかさあ……ヌルいんだよ！　何が赦しだよ！　赦せるかあんなもん！」

「ああ!?　お前、自分で台本書いといて何言ってんだ。俺の演技がヌルいって言いたいのか？」

「ああ、ヌルい！」私はつられて叫んだ。「お前ならわかんだろ！」

「わっかんねえよ！　お前も脚本家ならちゃんと言葉にしろよ！」

綾野はパイプ椅子を蹴った。ガン！　という耳障りな音が私の苛立ちをさらにつのらせた。

「だから書いてるんだろうが！」

負けじと机を蹴る。メモを書き散らした原稿用紙の束が机から落ちそうになった。

「腹が減った」と言い捨てて綾野が出て行った後、私は原稿用紙にペンを走らせた。

私　「死んでない！」
兼田「死んでるさ。いや、正確に言おう。死んで解放され、彼は彼の空へ飛び立ったのかもしれない。お前はどうだ？　ゼロへ向かって駆け出しただろう？」
私　「でも、行けなかった！　電話がかかってきて……だって、家族だよ!?」

ふざけんな。私は自分が書かざるを得なかった、いや、理由はどうあれ自分が書いた、原稿を引きちぎり、握りつぶして床に叩きつけた。死んだんだよ。あいつは死んだんだ。チクショウ。自分は此の期に及んで、状況に流されて妥協しようとしている。今書いたばかりのシーンを書き直す。

私「死んでない！」

兼田「死んでるさ。幻想にすがる奴らは、死さえ認めようとしないからな。天国とか生まれ変わりとか、その場しのぎの飴玉で気を紛らわそうとする」

そうさ、飴玉だよ。売り言葉に買い言葉だ。私は劇中の「私」に向かって、さらに言葉を切りつけた。

兼田「お前の家族はどうだ？」

いや、もちろん人は飴を舐めながら生きていく。綾野はいい役者だ。ちゃんと舞台で演じさせてやりたい。いけすかない演出だって、あいつの腕がなければこの劇団はとっくに潰れている。だが……クソッ、チケット完売とか劇団の存続とか、なんだってんだよ！

兼田「愛という言葉は、人類が発明したもっとも有効な飴玉だ」

そう、毒入りの飴玉だ。違うと思いながら書き続け、演じ続け、そして表現者としては「死ぬ」。フン、「売れればよかろうだ」と言い切る度胸もなしに。そうだ、誰もがその二つを感じている。

兼田「そうやってごまかしながら、人は『なんとかなる』と言い聞かせる。そのうちに尻に火がついてもな。イワシの群れを知ってるか？　サメが来てもみんなでいれば自分は助かるって思ってるんだ。他のイワシを差し出してな？　そうやって危険を薄めて、自分は大丈夫だって思い込むんだ」

あー……これはわからんか。自分は大学で生物学をかじったせいで、ついそっちに話が寄る。なんていえばいいんだ。……そうか、くじ引きか。ハズレくじを引いたらアウト。

そうだ。いつだってハズレくじを引く、愛すべき不運な奴がいる。

中年の女「そうよ、私はハズレくじなんか引きたくなかった。誰でもそうでしょ！　だから私は誰かがハズレを引くまでやめなかったのよ！」

いや。それはいきなり追い込みすぎだ。この女にも、飴玉は許してやろう。文字を消し、書き直す。女は言い訳を始めた。兼田が優しく顔を向け、端正な冷笑を浮かべる。

兼田「あなたもクジを引こうと思えば、最初に引けたんですよ」

そうだ。自分の中の悪魔がサディスティックに笑う。飴玉を口に含んで憐憫に浸り、自己弁護に泣き叫ぶ愚か者に冷たく真実をつきつける。それがこの男の役だ。深夜のデスクで、自分に悪魔が宿るのを感じる。いや、宿ったのではない。元からいたのだ。それをひと時だけ解放する喜びは、もはや淫靡ですらある。舌なめずり。メフィストフェレスのように。あるいは、獲物を目にした猫のように。

そうだ猫だ。プライド高く、自由を愛し、決して主人をもたない。自分の信じるままに生きる猫。ああ、自分も純粋にこうやってモノを書いている瞬間こそが幸せなのだ。

綾野、お前もそうだろう。演じている瞬間が幸せだろう。お前は仲間だという気がする。演出、音楽、座長、劇場のオーナー……お前たちはどうだ。金か。成功か。評判か。そんなことのために魂を売るか。いや、それに疑問すら持たず、「え？　そんなの当たり前じゃん」とか言い出すクソか。だがこの世界はどうだ。俺の書いたものは理解されるのか。まるで世界を隔てる大きな川があるようだ。深くて暗い川が。目の前が本当に暗くなる。暗い川の泥水を飲まされたように胃が痛い。

女「こんな世界になっちゃって、今さら叶うわけないじゃない！」
兼田「お前もそっち側の人間か」
女「わかんないよ！　そっちとか、あっちとか」
兼田「お前はどっちに行きたいんだ」

そう、どっちに行きたい。どっちに生きたい。ゼロに向かって駆け出せるか？　いや待て。自分は？　本当に、駆け出せるか？　私だって綾野や劇団を食いつぶして好き放題しようとする化け物だ。だからこそ私は一人になった。劇団の役者だった妻は離れて行った。冷や汗が垂れる。

女「私はこっち側よ！」

違う。こいつはそんなこと言わない。問い詰められて自分が「こっち側」であると言ってしまうのも、飴玉にすぎない。それもまた逃げだ。絵に描いた理想。消す。

女「私は……そっち側だよ。いくら走ったってゼロにはなれない。今だって駆け出せない！」

違う!!　違うんだよ。それじゃこんな劇の意味ねえんだよ。諦めて丸め込まれてズタボロになって、そんなんじゃねえんだよ。消しだ、消し！

女「私は

瞬間、胸から熱いものがこみあげた。「私は」まで書いた原稿用紙に、ドス黒い液体が散った。インク？　違う。俺のドス黒い思いが吹き出したんだ。ハハハ、俺はこんな真っ黒い怪物なんだぜ……

……目が覚めたら病院だった。あの夜、私は不摂生に疲労が重なり、急性胃潰瘍で吐血し、失神した。夜食を持って帰って来てくれた綾野に発見されて入院したのだった。そしてドアが開き、綾野が見舞いに来た。綾野は丸椅子をガタガタと引き寄せ、ベッドサイドに座った。

「お前さあ、ホトトギスじゃねえんだから。言葉にしろとは言ったけど、血を吐いてまで叫ぶなよ」

「壁殴るシーンを本気でやって拳血まみれにしたお前が言うか。舞台装置まで壊しただろ」

「ブハッ！　あれな！　大道具のツボっちにむちゃくちゃ文句言われたぜ」

「そりゃそうだよ。あいつ、すげー頑張って作ったんだぜ。壁のシミまで再現してさ」

「で、舞台が暗くて客には見えねえのな」

私はひとしきり笑ってから、ため息をついた。

「……すまんな。医者が仕事させてくれないんで、台本書きかけだ。迷惑かける」

「心配するな。あれ、みんなで読んだ。で、もうあれでいいってことになった」

「ちょっと待て！　最後の一言書いてねえぞ」

「いいんだよ。迷いを観客につきつけて、迷いながら帰ってもらおうぜ」

「迷うかな」

「さあな」

綾野は頭の後ろで手を組んだ。

「100人に1人くらいじゃねえの」

「そんだけかよ」

「万人にわかるものなんて、お前書きたくねえだろ」

私は黙った。そうなのだ。万人にわかってほしい。だから私は叫ぶ。綾野は壁を全力で殴る。だが、それがわかるかどうかは別だ。わかる奴だけわかれ、と言うのは逃げだ。だが永遠の真実でもあるのだ。世界を相手にもがき、悩む。

「最後な、問いかけで終わる。で、白紙をざーっと降らせて暗転する。そこは演出ヤローが考えた。あいつにしちゃ上出来だ」

「なんでまた。そういうの、あいつは思いつきそうにないが」

「白紙ブチまけた中にお前が倒れてたからだよ。なんかさ、それがお前の書こうとした結末みたいな気がしてな。俺が白紙で終わるのを提案した」

「白紙か」

「いいじゃん、白紙。全部ハズレかもしれねえ。イワシの群れみたいにさ、『真っ白な未来』とかいう当たり障りのないヤツに、本当の答えが混じって潜んでんのかもしれねえ」

綾野がイワシに例えたことに、私はちょっと感動した。別に、何の気なしに使った言葉にすぎないのだろうが。イワシ……

「腹が減った」

私は言った。

「お前がイワシなんて言うからだ。くそ、食いたくなった」

「お前、わかりやすすぎ」

綾野はトートバッグを漁り、タッパーを取り出した。

「里美さんからだ。これ持ってけってさ」

「なんだ？」

「浅漬けだよ。お前、体壊して、あれ食いたいとか言っちゃ、食って吐くだろ？　結婚してた頃、これなら食えたからって」

「フン。気が向いたら食うよ」

「で、タイトルなんだが。『ゼロの空』のままでいいと思うか？　いや、もうチラシも刷っちまってるし、変えられないかもしれんが、お前的にはどういうタイトルだ。それを知らなきゃ演りにくい」

そうだ。あれだけ変えてしまったのだ。タイトルも本当は違うはずだ。私は目を閉じた。そして、意識が途切れる寸前のことを思い出そうとした。真っ暗な中、迷っていた自分を。それでも猫のように自由でいたかった自分を。夜空に道しるべを探そうとしていた瞬間を。


「夜間飛行」

私はそう呟いた。

眼——姿のない一対の

メイ

私は、夢を見ている。

幾度となく繰り返されてきた夢。


ターコイズブルーの柔らかな海。

その深いところで、私は一糸まとわぬ姿で漂っている。

遠い場所から、ここに流れ着いた。

その前はどこにいたのだろう。

モノレールのある町だったか、戦闘機の飛び交う空か。あるいは、物語が紡がれる劇場の片隅だろうか。

呼吸はできない。でも、当分の間は持ちそうだ。

やがて、巨大な渦に出くわす。

息を呑むほどのイワシの大群。

腹の白く光った美しい刃が無尽蔵に湧いてきては、同じ方向に泳ぎ、流れをつくっていく。まるで砂鉄が、磁力によって形を変えるかのように。その向きに乱れはなかった。

私は、その中の一匹を両手で掬い取る。

イワシは、怯えた眼差しをこちらに向け、「命だけは」と懇願した。

――彼、じゃなかった。

掌を開いて、そっと逃がす。

私はこうやってずっと、あるイワシを探しているのだ。


「お前は、どっちに行きたいんだ」

大昔にどこかで会った孤独なイワシは、そう私に聞いた。

今ならはっきり答えられる。「あなたと共にある場所」だと。

群れから離れて自由に泳ぐこと。それがわたしの望んだ道だった。

孤独は、権利だ。

行きついた先が、たとえ茶番や猿芝居だらけの世界だったとしても、自分で選んだ世界ならきっと耐えられる。

あのイワシには、もう会えないのだろうか。

目の前の群れは、手を伸ばすと瞬く間に形を変え、身を逸らそうとする。

それは、まさしく捕食者に対する態度だった。違う、そうじゃない。

「私は、あなたたちに危害を加えたりはしない！　ただ行く先を探しているだけなの」

しかしイワシたちは、聞く耳を持たない。

――あはは、おかしいや。
どこからか声がする。
誰？
――君は、充分捕食者の眼をしているよ。鏡を見てごらんよ。
姿は見えない。
しかし一対の眼が、物陰からこちらの様子をじっと伺っているのを感じた。
獣のような黒い影。その正体を確かめようとする。

Mu れ deSika／iki ら Re な i／奴 raNante／息 site い Te も／意 Minai ん daYo／HINERI つぶ site／消 site／sima ぇ ba い i／

え、何を言っているの？
でも、いつもここで息が苦しくなって、水面に浮上してしまうのだ。

覚醒。
そしてまた、日常がはじまる。

ブラック・ドッグ

鳥紅庵

「ねえ、ブラック・ドッグって映画知ってる？」

シンヤさんがビールを飲みながら言った。シンヤさんは三十代の二枚目だ。

「パトリック・スウェイジのアクション映画なんだけどさ。元トラックドライバーで、黒犬が道に飛び出して来て事故ってさ。クビになるわ免許取り上げられるわ」

「何それ、つらたんネ〜」

カウンターにいたアイちゃんが身を乗り出した。シンヤさんがちらりとアイちゃんの胸元の谷間に目をやる。

「黒犬って事故った時のアメリカの言い訳の定番なんだよな。『いや、おまわりさん、黒犬が目の前に飛び出して来て』っての」

「えー、黒い犬、そんなにたくさんいるか？」

「いねえよ。ひょっとしたら、事故現場に必ず現れる犬が1匹いるだけなんじゃね？」

「こわーい」

私はグラスを洗いながら、無意味な言葉の羅列を聞き流す。それに、危険な黒犬なら私も知ってる。

「シンヤさーん、デートいこよー」

「あー、いいなー。いつ行く？　明日？」

「明日はムリー。ディズニーランド行く」

「えー？　俺アイちゃんの彼氏なのにー」

「そだよーダーリンだよー」


アホか。

洗ったグラスを拭きながら無言でそっと毒を吐く。そのたびに、私の中の黒犬がこちらを見上げる。ダーリンな訳ないだろ。いや、わかるよ？　そんな仕事なんだから。でも、その変わり身の早さが妙に気に触る。客だってほんの2時間だけ女の子からかって、親密なフリして、何が楽しいの。

私は家出同然に、家の近所の駅からモノレールに乗って、この「ゼロの街」に来た。なんだかんだあって、スナックの臨時のボーイとして働いている。基本的に接客はなく、裏方みたいな仕事。まあ、正直、私にできることなんてその程度。ゼロの街にいる、ゼロのままの存在。


「あらー、いらっしゃーい」

ママが嬌声をあげた。パパさんだ。坊主頭の赤ら顔、麻のジャケットを着こなしてそれなりにオシャレ。

「パパぁ～♡」

アイちゃんがかわいい顔を作ってカウンターから出ると、客にしなだれかかる。「コッチ座って」とボックス席へ。

変わり身早すぎだろ。そう思いながらキープボトルを探し、手に取ろうとして、一瞬ドキッとする。黒い犬と目が合ったのだ。

ギョッとしながら見直すと、それはボトルに描かれた、黒いテリアだった。よく見たら隣に白いテリアもいた。鏡にうつしたように、同じ犬種が、色だけを正反対にして並んでいる。

白犬なんていないよ。そう思いながらアイスペールに氷をガランガランと流し込み、トングとマドラーを突き刺すと、お盆に乗せてボックス席に運ぶ。

アイちゃんと入れ替わりにカウンターについたママが、シンヤさんの隣の椅子に座った。営業スマイル。

「シンヤさーん、浮気してなかったー？」

「しないしない。オレ、ママ一筋だしー」

「あらーうれしー」

笑う気にもなれない。3分たってねえだろ。カップラーメン以下かよ。

ここではかりそめの猿芝居だけが演じられている。そして、お互いがそれを猿芝居だとわかっているのに、やめない。まるで……自分の実家のようだ。中身空っぽ、ゼロのままの猿芝居が続く。

なんだ、くだらないのに止められない奴しかいないのか。そう思ったら、自分の中の黒犬がまた膨らんだ。

黒犬は、私が実家にいた頃から、私の中で育っていたんだと思う。

怒鳴り声、ののしる声、もののぶつかる音、壊れる音、髪をつかんでひきずられる痛み。そうした出来事の中で私と黒犬は育った。私の分身みたいなものだ。ぶたれるたびに、その理不尽を餌に黒犬は大きくなった。いや、理不尽というか。私が「くだらねえ」「くそったれ」といった言葉を飲み込むたびに、というか。

先日電車を降りようとしたら、ドア前に突っ立っていたのは、スマホに目を据えたままテコでも動かないリーマンだった。動画見てたって、駅についたことくらい、体でわかんだろ？　スマホから目ぇ離したら死ぬ病気かよ。私の中で黒犬が「がうっ」と吠え、私はワザと、カバンをぶち当てながら電車を降りた。

そう、最近、黒犬が外に出てこようとしている気がするのだ。

その日の客は最悪だった。下町の阿呆がヤンチャ自慢。「俺、ボクシングやってっから」が口癖だ。そのくせ試合について聞かれると「いや、俺、最近ストリートファイトだし？」と逃げる。下らない口癖に下らない飲み方。ジンライムと水を注文し、なぜか水を混ぜたり、水に混ぜたりしては悦に入ってグラスを持ち上げる。クソが。チェイサーがいるほど強い酒じゃないだろうが。飲みかたも知らねえアホかよ。

二言めには「日本はいい国だから誰でもウェルカム」だ。うるせえ、お前がいなきゃもっといい国だ。アイちゃんが白けてるのにも気づかない。

ゴミを捨てに行き、戻ってきて配達された酒を仕分けようとしたら、喧嘩になっていた。

「ああ？　俺の飲んでたグラス持ってってただろうが！」

「チガウよー、あれ空だったよ」

「酒入ってたんだよ！」

「あれ水のグラスだったよー」

慌ててママが間に入る。

「ちょっと、何、どうしたの？」

「コイツが俺の飲んでたグラス持ってったんだよ！　クソが！」

「ちょっとちょっと。何？　ほんと？」

「チガウよー！」

クソくだらない言い合いをしているうちに、阿呆が喚いた。

「こいつガイジンだろうが！」

その一言でブチっといった。このゴミカスが。何が「日本は誰でもウェルカム」だ。トールグラスの上をつまむようなくだらない持ち方も、首を伸ばしてすすりに行く下品な仕草も、飲むたびにピチャピチャ舌を鳴らす癖も、腹に据えかねていた。そう思った瞬間、黒犬が鎖を引きちぎった。

私は段ボール箱から酒瓶を一本抜いて、すり足でアホの後ろに回る。酒瓶をすうっと振り上げるなり、狙いすまして後頭部に叩きつけた。

ゴン！　といい音がした。アホが思いっきり前につっ伏す。打撃された後頭部を押さえようとするより早く、バックハンドでもう一発。顔面がカウンターに叩きつけられ、「がふっ」と声が漏れた。

振りかぶって頭頂部にもう一発。ボトルが割れ、焼酎と鼻血が飛び散る。

アホは顔をひねるように、こっちを向いた。私は薄ら笑いを浮かべて、砕けたボトルを顔面にまっすぐ突き入れた。そのまま手首をひねってから引き、再び突き刺す。

情けない悲鳴が上がった。何がボクサーだ。何がストリートファイトだ。いつだったか「ああ？タイマンすっか？」とか客に凄んでたのはどこに行った。

髪の毛をつかんで思いっきり引き上げ、血まみれの顔面で喚いているアホを立たせる。右足を振り上げて、膝を上から蹴り込んだ。ゴキッと感触があり、膝蓋腱をやられたアホが膝を抱えて床に転がる。狙いすまして顔面を蹴り抜く。2度、3度。血まみれの口から歯が飛び散り、鼻が折れた。アホが顔を押さえて仰向けに転がったところでカウンターに飛び乗ると、そこからジャンプして片膝を鳩尾に落とす。肺の空気を叩き出されたアホが息を詰まらせ、口をパクパクさせてから大きく息を吸おうとして咳き込むと、ゴバッと血を吐いた。ざまあみろ、今ので肋骨が2、3本は折れて肺に刺さったろ。ああ？　仕上げにご自慢の右腕を指先からブチ砕いて、骨グズグズのクソ袋にしてやろうか!?

気づいたら濡れタオルを頭に乗っけて、ソファに寝ていた。

アイちゃんがヒョイと私を覗き込み、「あ、起きたー」と笑う。

「ちょっと、大丈夫なの？」

ママも覗きに来る。え？　なんで？　あいつをグッチャグチャに叩きのめして、それから……？

「もー、お客さんは怒り出すし、あんたは足滑らせてぶっ倒れて気絶するし、どうしようかと思ったのよ」

足を滑らせ、て？　私は起き上がって店内を見た。ボトルを叩き割った痕跡も、盛大に飛び散ったはずの焼酎も血痕も、何もない。

「でもグッジョブよ。あんたが気絶しちゃったんでそれどころじゃなくなって、あのお客さん、とりあえず帰ったから」

「え……っっと。あたし、何もしないで、コケて自爆ですか？」

「そうよ？」

「あー……すいませんでした。もう大丈夫ですから」

「ほんと？　たんこぶできてるけど。病院行った方がよくない？」

「あ、大丈夫ですから」とは言ったものの、ママもアイちゃんも「せめて帰って寝てな」と言った。ま、店で死なれても迷惑だろう。私は早引けすることにした。


家に帰ってから、ベッドにつっぷした。ウトウトしながら、あの出来事を考える。今夜のあれは何？　夢だったとしても、私、そんなに危ない性格してたっけ？

「そうだよ」

ふいに答えられてギョッとして顔を上げる。部屋には大きくて真っ黒な犬がいた。その犬が、ヘラヘラした笑顔？　のまま、喋り出した。

「知ってるじゃないか。でもね、君は全然悪くない、悪いのはあの阿呆。うん、それは正しいよ。何を言ってもわからない阿呆なら、もう叩きのめすしかないじゃない？　叩きのめしてもわからないなら、この世から消えてもらう方がいいじゃない？　だ・か・ら・君がやりたかったことを、ちょっと見せてあげたんだよぉー」

なんだ。なんだこれは。幻覚幻聴にしても、こいつは一体、なんなんだ。

「僕は黒犬、知ってるでしょ？　君自身と言ってもいいなー。君は社会とか生活とか家族とかに遠慮して、言いたいことが言えない。そのたびに、その悔しさを糧に育ったのが僕。うん、ここまで育ててくれたから、そろそろ外に出られるんだ」

「外に出るって、どういうことよ！」

「僕そのものじゃなくて、君を通してだけどね。君は、やりたいことをやれるようになるんだよ！今まで遠慮したり我慢したり、『間違ってるだろ』って思っても放置してたこととか、全部実行できるんだ！　すごいと思わない？」

つまり、あの夢の中で殴り倒して半殺しまで痛めつけたみたいなこと？

「いやそれ……ただの犯罪者じゃん！」

「あれが犯罪になっちゃうのは、世の中の方が間違ってるからさ！　例えば、こないだのスマホ見てないと死ぬ病気の人？　あんなのスマホ叩き落として『クソが』って言ってやればいいんだよ？　どう考えても、向こうがマチガッテいるからね！」

頭がガンガンする。いや、いや……人間てそういうものだっけ？

「それからねー、君が家を飛び出したのだって、君は全然悪くないんだよ？　だって事実なんだから。

事実に耐えられないのって、耐えられない方が悪いと思わない？」

心臓に錐を突き立てられたような痛み。違う、違う！　そうじゃない！　いや、でも……

「遠慮しなくてよかったんだよー。雑誌なんかじゃなくてさ、思いっきり張り飛ばしてやってもよかったんだ。あ、そうだ。今から一緒に、殴りに行こうか」

「やめて！」

私は叫んだ。

「違う！　そんな……そんな単純なものだったら、誰も悩まない！　今なら自分のせいじゃないって横から見られる！　でも、だからこそ、全部お前が悪いでなんて済ませられないから、悩むんじゃない！」

「悩まなくていいよー。だって悪いのはぜーんぶ、あいつらじゃん？」

黒犬は私の目をじっと見た。

「強くなりたい、そう願ってたでしょ？　違うの？」

「違う、違う、違う！」

私は叫んだ。叫ばないと黒犬の薄笑いを浮かべた誘いに乗ってしまいそうだから。

「強いって、そういうのじゃない！　思い通りに誰かを従わせて、言うこときかなかったらキレて痛めつけて、そんなのが欲しかったんじゃない！　そんなことしたら――」

あの人と一緒になっちゃう。その言葉は飲み込んだ。

「消えろ！　さっさと、消えろ！」

「消えないよぉー？」

黒犬はへらへら笑った。

「だって、僕は君の中から生まれて、君と一緒にいるんだよ？　黒い狂犬がさぁ、君の胸の中に育ってるの」

「そう、つまり、悪いやつはブチのめせばいい、その力が私にはあるってことね？」

「そうそう。そうだよぉお〜〜〜」

「わかったわ」

ドゴッ

私は黒犬の頭を、ベッドサイドに置いていた鉄アレイでぶん殴った。続いてきれいに顎を蹴り上げる。こちとら筋トレはかかさないし、ジムでキックボクシング習ってたのもダテじゃないんだ。だが、黒犬は手強かった。

「いいよ〜、いいねえ〜〜〜。今の爆発的な破壊衝動もね、僕の餌になるんだ〜。そのたびに僕はまた育つ。だから、僕を殴っても無意味なんだよ〜」

くそったれが。こいつはアホな客より、毒親よりタチが悪い。物理的な攻撃や敵対心は相手を利するだけだ。となると……いや、無の境地とか悟りとかは、私とは対極にある。急には無理だ。だが、まずは落ち着け。スパーリングと同じだ。熱くなったら、相手のペースにハマる。深呼吸。

「ねえねえ、子供の頃からあんなことされて、辛かったでしょ？　腹立ったでしょ？」

「そうね、辛かったし、腹も立ったわ。でもどこかで、自分はそんな運命なんだって思ってたし。親だって、いい思い出もあるわ。それに縋って、上っ面だけでも平穏が続くように息を殺して祈ってたのも事実かもね。ひょっとしたら、家族みんながそう思ってたのかもしれない」

「だったら、なんでキミは家を出ちゃったのぉ～？」

「ハズレクジを引いたから、かしら。どうせ、ああやって表面だけ取り繕ってたって、じきに破綻したのよ。ただ、それがたまたま、私の番になっちゃった、ってとこね。あの時は私のせいで、ってテンパっちゃったけど」

「君にハズレを引かせた奴ら、どうしてやりたいの？　ねーねー、腹立たない？」

「そうね、腹は立つけど。でも、『もし』とか『たら』とか『れば』とか、言ったって仕方ないことはあるわ。ぶん殴ったって過去は変わらない。あんたが肥え太るだけよ」

「えー？　じゃあ、家でヘドロみたいにうずくまってた、あの頃の君は～？　惨めだったって思わないの～？」

私はキッと眉を吊り上げた。

「覚えておきなさい、私を惨めと呼んでいいのは私だけ、あんたじゃないわ。でも、そうね、あれは惨めだった。今思い出しても吐きそう。だけど一番気に入らないのはね」

「うんうん」

「あの人が、自分の望み通りの答えを返さないと荒れ狂ったみたいに、あんたが私を好き勝手に操ろうとしてることよ」

私は黒犬の目を睨みつけた。

「私は、あんたの思い通りになんかならない。それが私の強さよ。消えなさい」

「チッ」

黒犬の口調が変わった。ヘラヘラしたところが消え、低く、地の底から響くような口調に変わる。

「せっかく力を与えてやろうとしたが、断るとは愚かな人間よ。だが忘れるな、闇は、常にお前の傍にいる」

「そうね、それは多分、その通り。私の中にそういう闇はあるわ。でも私はあんたの言いなりになんかならない。一生、傷ついて、もがいて、ジタバタするかもしれないけど、どいつもこいつもぶん殴ってぶっ殺して解決なんて、死んでもお断りよ。もしやるとしても、それは私の意思でやるの。あんたにそそのかされてじゃない」

「フフフ……生意気な口をきく。よかろう、しばらく、見ていてやろう」

それっきり、黒犬は消えた。いや、あれは黒犬の姿を取った別のものだったのだろう。おそらく、人間がはるか昔から語りついでいる、あれだ。


スマホが振動した。

画面を見ると、電話をかけてきたのはアイちゃんだった。

「はい？」

「はろーはろー、元気か？　だいじょぶか？」

「ええ、大丈夫よ。ありがとう」

「そかー、心配してたよー。お大事にネー」

後ろで「ちょっと貸して」というママの声が聞こえる。

「ねえ、ほんとに大丈夫？　ちょっとでもおかしいと思ったら、病院行くのよ？　硬膜外出血っていって、頭ぶつけて数時間後に死んじゃうとか、あるんだから。頭痛いとか、ものが二重に見えるとか、ほんとにないわよね？」

「大丈夫です。ありませんから」

「なんだったら今夜は付き添ってたげるから、いい？　遠慮しないで電話すんのよ？」

「ほんとに大丈夫ですよ」

私は笑った。ママはたぶん、ほんとに心配してくれてるんだろう。でなきゃ営業中に余計な時間を割く人じゃない。アイちゃんだって、わざわざ様子を聞くために電話してくれたのだ。

そのことが、私の胸にかすかな灯をともす。でもまだ——私の笑いはどこか、冷たい。心配してるように見えても、所詮は猿芝居の続きなんじゃないの？　そう思う気持ちは、黒犬をぶん殴ったくらいじゃ消えやしないのだ。

そう、黒犬は自分。それは認めよう。それでも、ママとアイちゃんを信じてもいいかな？　黒犬に啖呵を切っちゃったことだし。

そしたら、ゼロの私だって、0.1くらいにはなれるだろうか？

第6章
ケモノノプライド

ケモノノプライド

メイ

あの人たちは、この汚れについて不思議に思わないのだろうか。長年の謎だった。

家のトイレ。便座に座ると対面する壁のちょうど足元に、大きな黒ずみがある。普通に用を足していただけでは、つかないはずの汚れだ。

わたしの「棲みか」は、古い公団住宅だった。昭和40年代はまだ高度経済成長期で、地方から都市部に移り住む労働者のために多くの団地が建設されたという。そんな団地ブームに乗じて建てられたらしかった。家族4人で住む2DKは狭く、お洒落さとは無縁だった。しかし、そこは国営の恩恵なのだろう。外壁や内壁の塗り替え、水回り機器の入れ替えなど、定期的なメンテナンスサービスは手厚かった。だから、トイレの壁もまた真っ白できれいだったのだ。例の黒ずみを除いては。

その黒ずみをつくったのは、わたしだ。

意図してつくったのではなく、ある習慣のせいで「結果的にできてしまった」と言ったほうが正しいかもしれない。


はじまったのは、10歳を過ぎて身体が大きくなってきたころだと記憶している。トイレの壁に充分足が届く程度の。わたしはトイレの中で、野生の肉食獣になっていた。それも俊足のチーターだ。

便座に座り、靴下を脱ぐ。裸足のつま先を思い切り壁に打ち付けては、素早く離す。これを繰り返す。すると残像で足首から下が長く伸びて、テレビ番組『野生の王国』で見たチーターの後足のように見えた。指と指の間の切れ込みも深くなり、スパイクのような鋭い爪まで感じられるようだった。頭を壁にもたれかけて、じっとそれを見下ろす。広大なサバンナで獲物を追う姿を想像して、夢中で両足を打ち続ける。ダダッ、ダダッ、ダダッ。本家がどんなリズムで走るのか知らなかったが、自分なりのリズムを壁に叩きつけた。強い肉食獣になった気がした。セメントがぎっしり詰まったコンクリートの壁は、衝撃を吸収してあまり音を立てなかった。居間でテレビを見ている家族には聞こえないだろう。

わずかにある足の油分や汚れなのだろうか。最初のうちは、壁の白が少しくすんでいる程度だった。それが年月を重ねるうちにはっきりとした黒ずみとなり、彼方のブラックホールのような不気味な楕円形になった。神経質な母が「あの汚れは誰がやってるの?」と犯人捜しをしそうなものだったが、家族の間で「それ」が話題になることはなかった。

学校の友達も、家でこんなことをしているのだろうか。たぶんしないだろう。では、なぜ自分はするのか。答えは見つからなかった。ただ、ときおり身体の奥に荒々しい燻りが湧いてきて、これを行うことで安らぎを得ていた。

中学生になると、ワンランク上の肉食獣になった。

自分で自分の腕を噛むのだ。歯型がついて内出血するほど思い切り。弾力のある肉に上下の歯ががっちり喰い込んで、恍惚となる。首をむちゃくちゃに振り回して、肉を引きちぎりたくなる。口の周りを真っ赤に染めたトラみたいに。

　わたしは強者であり、狩る側なのだ。自分の肉の断面を想像するだけで脳の奥が甘くしびれた。でも一方で「やってはダメ」と、か弱くて小さな声が衝動を引き止める。どういうわけか、いつもそのせめぎ合いに涙が出そうになるのだ。不発な欲望を抱えたまま、狂った獣がだんだん影を潜めていくと、今度は喰われた側の痛みが顔を出す。我に返るとか冷静になるとか、そういうことだろう。

　名残惜しく歯を腕からはがすと、紫と赤のグラデーションをもった歯形が残る。上の歯はトウモロコシのような丸い形状、下の歯はホチキスを打ち付けたような直線だった。乳歯がなかなか抜けなかった私の下の歯は、小さなホチキスが混み合って斜めに重なっている部分もあった。

　かわいい歯形。そのときだけは、自分の肉体をかわいいと思えた。1つ目の傷が使えなくなると、位置を少しずらしてまた噛んだ。右腕がやりやすかった。腕にたくさんの赤や紫の花が咲いた。


　わたしは「捕食者」であると同時に「生贄」だった。

　いや違う。「捕食者」に憧れる、ただの惨めな「生贄」だったのかもしれない。家庭というフィールドにおいては。

　生態系の頂点に君臨する捕食者は母だ。

　その捕食者は、わたしが初潮を迎える少し前に「顔だと目立つから」と言って、腹を蹴り続けた。今でも、その発言の意味を考え続けている。

「女の子だから顔に傷が残らないように」という意味なら、まだ母としての理性があったのだろう。

逆に「他人に気づかれる証拠を残さないため」だったら――。

わたしは捕食者の情けを期待する、あきらめの悪い草食動物だった。こんな未練がましい生き物、切り離して捨てられたらいいのに。


一度だけ、この歯形を父に見られたことがある。

父は私の腕を一瞥するとため息をつき、「××と同じことすんなよ」と吐き捨てるように言った。××とは母のファーストネームだ。父はもう二度と見たくないというように、顔を背けて立ち去った。

そう、わたしの肉食プレイの輸入元は彼女だったのだ。血筋なのか環境なのか。馬でも食わない、とんだ笑い草だ。

彼女は夫婦喧嘩のクライマックスで腕に歯型をつけ、これ見よがしに父の目の前に曝すということをよくやっていた。それで父は黙ってしまう。形式上は母の勝利に見えた。

当時、その行為の意味するところはよく分からなかったが、テレビドラマで似たシーンを見たことがある。『スチュワーデス物語』。今で言うCA、キャビンアテンダントの成長物語だ。男性教官の元恋人が、ことある度に手袋を口で抜き取り、義手を見せつけるのだ。「こうなったのはあなたのせいよ」と言わんばかりに。

脅迫――。言葉こそ浮かばなかったが、そのような概念のグロテスクさを肌で感じた。

父は、自分の娘にもその〝脅迫〟を感じたのかもしれない。

そんなつもりはなかったのに。

父には、嫌われたくなかった。
わたしは決して彼女——あの女のように、己の傷をダシに他人の同情を買ったり、人の気を引くことはしない。自分の傷は、自分で完結させる。

だって

ワタシハ、誇リ高キ野生ノ獣ダカラ。
コノ傷ハ、自分ノ意思デ付ケタ、自由ノ傷。
他者カラ無抵抗ノママニ付ケラレタモノデハナク。

黙ってシャツの袖を下ろし、腕を隠す。
この傷をひとりで抱えていくことは、獣としてのわたしの誇りだ。
藪の中で息をひそめて傷口を舐めながら、痛みを味わい尽くす。

Riding High

鳥紅庵

クワァーーーン、とサーキットに甲高い爆音が響き、彼女はレーシングスーツの内側に汗が滴るのを感じる。肘と膝にプロテクター、背中に脊髄パッド、手にはライディング用のグラブ。

そこまでしても、怪我はつきものだ。


以前付き合った男はベッドの中で、彼女の体に残る傷跡をそっとなぞった。

「これは？」

「骨折。腱をつなぐ時に縫ったから」

「これは？」

「鈴鹿の予選でコースアウト」

「これは？」

「昔の傷よ。三国峠で調子に乗ってガードレールに刺さった時」

そして、寝物語のように男は言った。

「なあ、あんまり危ないことしないでくれよ」

その瞬間、彼女は男と付き合う気をなくした。朝まで寝て、ホテルを出て、それきり会っていない。

幼い時、自分はチーターだと夢に見た。トイレで壁を蹴りながら。あの頃、自分が「捕食者」になるには、足をブラブラさせて走る夢を見るか、自分の腕を痣になるまで噛むか、どちらかしかなかった。

それから彼女はもっと速く走る方法を覚えた。自転車なら、自分の足では出せない速度で走れる。まるで家から逃れようとするように自転車を飛ばしたあげくに怪我をしたのも、その時だった。すっ転んだ弾みで両方の手のひらをアスファルトにこすりつけたのだ。不思議に痛くない、と思って立ち上がって両手を見ると、手のひらの皮がぺろんと剥がれて垂れ下がっていた。はがれた角質の下、柔らかい真皮に食い込んだ砂つぶがチクチクと痛みだし、じんわりと血が滲んでくるのが見えた。

やっぱり痛い、そう思ったら、悔しくなった。自分は捕食者になりたい。誰よりも速く、どこまでも遠く、痛みも何もかも自分の胸の内に収めたまま走っていけるケダモノに。

自転車の次はバイク。走り屋の友達ができたのがきっかけだった。彼女は免許を取り、バイクを買って峠を走った。出入りのバイク屋の主催するレーシングチームに入ってサーキット走行を始めると、彼女はメキメキと頭角を現した。２５０ccのレーサーを駆る彼女は、地方のサーキット最速になった。どんなライダーもマシンも、彼女のＲＧＶ－Γ《ガンマ》に捉えられたら、逃げられない。準ワークスマシンであるはずのＴＺ２５０やＲＳ２５０Ｒですら、だ。

彼女はアスファルトの上のチーターになったのだった。

激しいコーナーに、膝につけたバンクセンサーを路面が削る。マシンにぶら下がるようにしてコーナーの奥を見つめながらじわじわとアクセルを開け、ヒラリと尻をシートに乗せ直し、全開。ものすごい勢いで跳ね上がる回転計をチラ見しながら、ギアを上げる。

彼女のライディングは頭脳派とも華麗なフォームとも違った。ストイックに直線で突っ込み、一瞬でも長くまっすぐ走ってから最短時間でブレーキングし、一秒でも早くアクセルを開けて加速する——それが彼女のスタイルだった。

むろん、そこには恐怖が伴った。次のコーナーが迫ってくる。まだだ。まだ。怖い。まだ。周りのマシンがスッスッと後ろに下がる。減速を始めたのだ。まだだ、まだ……！

アクセルを戻しながら、ギアを蹴り落とす。2ストゆえエンジンブレーキは大して効かない。腰を引き、体重をリアに移して、フロント2枚ディスクのブレーキを握りしめる。ガツッ！　と減速が始まり、体が前に持っていかれそうになるのを、膝でタンクとフレームをがっちりと挟み込んで耐える。背筋がメキメキと音を立てそうだ。内臓どころか脳が偏るのを感じる。そのままコーナー出口を見つめ、マシンを引き倒す。

後方に2台。RSはしつけのいい車体を生かして高速でコーナーを抜けながら外から被さり、イン寄りのラインを加速するつもりだろう。だが、そんなことはさせない。彼女は斜めにかしいだ世界で、周囲のマシンがじわじわと前に出てくるのを感じていた。こちらのアンダーカウルに重なるようにペタリと車体を倒し込んだかと思うと、ヒラリと切り返して行く。だが、こっちには爆発的なトルクとパワーがある。

彼女は早めにアクセルを開け、リアタイヤをスライドさせ気味にコーナーを回りきった。そこからマシンを起こし、スライドを止め、グンとトラクションの乗った車体が前に飛び出し——サバンナを駆け抜けるチーターのように、暑い風を切ってV-Γが飛び出す。コーナーで辛うじて前を取ったかに見えたRSとTZを抜き去り、再びトップへ。

取り憑かれたようにサーキットを攻める彼女に、「お前、そのうち死ぬぞ」と言うものもいた。中には自分の傷を見せ、「これのせいで、もう走れなくなっちまったよ」と言うものもいた。最初は笑って聞き流している彼女だが、相手がむやみに心配顔で忠告し始めると、態度が変わった。

「それがどうしたの?」彼女はいつも言うのだった。「あなたが走って負った傷なら、それはあなたが味わいつくせばいい。私ならそうする。スクーターにしか乗れなくなったって、私はチーターになってやる。だから、親切顔で他人に呪いをかけるのはやめて」

レース終盤、疲労は限界に近かった。彼女の「どこまで突っ込めるか自らを試す」という走り方、言い換えれば自分自身とのチキンレースは、集中力を削り続ける。おそらく正気も。ある日、どこかで怖くて乗れなくなるか、あるいは怖さに麻痺して突っ込みすぎる日がくる。あるいはわずかに集中力が切れ、コントロールを失ったマシンが路面を滑ってゆく日が。

彼女は今もジワジワと腕を噛み続けている。肌に食い込む歯が跡を残したように、その痛みを「捕食者の強さ」と感じていたように、コーナーに突っ込みながら恐怖に抗い、自ら無敵の捕食者と獲物の両方を演じることで、自らを捕食者へと駆り立てる。やるのは自分、やられるのも自分。どう?

泣かない。逃げない。あたしは「食われる側」じゃない。どう？　これだけやってもあたしは大丈夫なのよ？　こんなことができるのよ？　追い詰めて噛みちぎるってこういうことよ？　ブレーキング。シフトダウン。バンク。ハングオン。シフトアップ。アクセルを煽ると、クワアアンン！　パンパン！　と甲高い咆哮とともに、チーターが駆け抜けてゆく。事故るたびに体に刻まれた傷も、心を蝕む焦燥も、あの日の噛み跡と同じ。私がまだ捕食者でいるという証拠。狩られる側に落ちてしまったら、あんなに攻めた傷はつかないから。一方的に攻められた傷にしかならないから。

セイフティゾーンが滲みながらすっ飛んで行く。右コーナー。ＴＺが食いついてきた。まだだ。まだ負けない。私は負けない！

ギリギリまで攻めたブレーキングから、フルバンク。だめだ、速い！　ラインがふくらむ。左に流れていく。慌てた周囲のマシンがふらつく。V-Γはまだ外へ滑り続ける。ここで車体を起こしちゃダメだ。さらに右へ寝かせながらアクセルを開く。未知の領域へ。そう、私はいつも先へ——

ガッと音がして右ステップが路面をかすった。反動で車体がわずかに起き上がり、レーシングタイヤが路面を掴んだ。次の瞬間、グリップが回復し、ハイサイドを起こした車体が反対側、左へと跳ね起きた。勢い余って旋回した車体が真横を向き、ニーグリップが引き剥がされる。体が宙を舞う。手が離れた。空の次に路面が見える。激しい衝撃とともに、彼女はサーキット上を派手に滑った。そうよ、もっと噛みなさい。

私はまだ生きてる。私はまだ、戦っている——

ifの里

メイ

私はまだ生きてる。私はまだ、戦っている――


はずだった。

頭が痛い、身体が重い。うっすらと瞼を開くと、タイル張りの白い天井が視界を覆った。昭和の住宅にありそうな、レトロな花模様のタイルだった。大きなシーリングライトが部屋中に光を回している。わたしはどうやらベッドに寝ているようだった。

ガサゴソ、ガサゴソ。くちゃくちゃ、くちゃくちゃ。

食べものを咀嚼する音。誰かに気を遣っているような、かすかな話し声。ふたつの声は、とてもよく似ている。兄弟か何かだろうか。

その声はだんだん近づいてきて、ついには耳元まで迫ってきて止まった。

「あ、目が覚めたみたい」

「よかったー。丸二日も寝てたんだぜ」

視界の隅からひょっこり顔を出す。めずらしい生き物でも覗き込むかのように目を輝かせているふたりは――、天使だった。たぶん。西洋美術の宗教画に似ているから、そう呼ぶしかない。しかし、いくら天使はふくよかだと言っても彼らは太りすぎている。赤ちゃんサイズのまま、「デカパン」のようなズボンをサスペンダーで留め、頬をハムスターのように膨らませている。顔はそっくりで見分けがつかなかったが、一人は食べかけのハンバーガーを、もう一人は肉まんを手に持っていた。

「ハーイ、ifの里へようこそ」

ずんぐりとした体形にぴったりの間延びした口調で、ハンバーガーのほうがうれしそうに笑った。

何だ、ここは！　咄嗟に跳ね起き、きょろきょろと周囲を見回すわたしを見て、全部わかっているとでも言いたげに

「ダメだよぉ、あのバイクはしばらく修理が必要だし……。あとね、ちょっと確認したいこともあるんだ」

とやんわり制す。わたしは、死んだのだろうか。

思考はそう長く続かなかった。「うっ」。再び刺すような頭痛がやってきて、ベッドに横たわるしかなかったからだ。パタパタと乾いた羽音と共に、肉まんの方がブランケットをわたしの肩にかけた。

「おやすみ、小さなチーターさん」

まだ口をもぐもぐさせている。食べかすがシーツに落ちた。

再び目が覚めると、朝だった。ハンバーガーの方――名前がわからないので、勝手にハンと呼ぶことにする――が、ベッドに焼き立てのクロワッサンと半熟の目玉焼きを運んでくれた。しかし、身体はすっかり軽くなっていたので、丁寧に断ってからテーブルで食べることにした。身体の回復が早いのは、昔からの取り柄だ。

ここは古い民家を改修した、ラボのようだ。今朝食を食べているリビングにも、奇妙な機械がある。大きなモニターの手前にいくつもの箱。それぞれの箱の上には、4、5本のパイプが垂直に刺さっていた。先はろうとのような形状になっている。きっと薬品でも流し込むのだろう。

皮がパリッとしたクロワッサンは、ホテルのベーカリーのように美味しかった。窓の外には、穏やかな里山とそれに似合わない運動場のような広大な土地が広がっていた。繊細な取っ手のカップに淹れられたホットコーヒーを飲んでいると、肉まんの方――こちらの名前は、ニクでいいだろうか――が、もったいぶった感じで咳払いをした。

「さて、小さなチーターさん。君をここへ連れてきたのは、ほかでもない、君にも選ぶ権利があるからなんだけど――」

「は？　ちょっと待って」

このままでは相手のペースに巻き込まれてしまう。

「全然状況がつかめない。ここはどこ？　わたしは死んだの？　レースの結果はどうなったの？」

矢継ぎ早の質問攻撃にあい、ニクは固まって目をぱちくりさせる。横で見ていたハンが、空中で丸いお腹をさすりながら、幼い子どもに交通ルールでも教えるかのように、ゆっくりと説明をはじめた。

「オーケー。不安になるのも無理はないよね。まず、ここは昨日も言ったけど『ifの里』。簡単に言っちゃうと、人生を選び直せる特別な場所なんだ。次に、君は死んでない。今のところ現実では病室のベッドで寝ているだけだ。さすがレーサーだね、受け身が上手だったから怪我はほとんどない。最後にレースの結果だ。これは教えられない。君が自分で確認すべきことだ」

まったくファンタジーのような話だが、とりあえずこの浮遊するふたりを前に、説明された状況を受け入れるしかない。仕方なく深くうなずいてみせると、ニクが待ちきれないといった調子でモニター前の箱に飛び乗った。

「君のこれまでの人生を見せてもらったよ。子どものときにツラいことがあったみたいだけど、その恐怖や焦燥を強さへの渇望に変換して進んできたよね。まるで危険物のガソリンをエネルギーにするバイクみたいにさ」

「それがどうしたの?」

苛立って反論する。いけない、うっかり気を許すところだった。こいつらも訳知り顔で、「君の傷を癒したい」などと言ってくるのか。この痛みをどう使うかは、わたしの自由だ。

不穏な空気を察したのか、ハンがチョコレートクッキーをすすめてくる。違う、そうじゃないだろ。無視するが彼にはあまり響いてないようだ。ハンが続ける。

「いや、別にそれは構わないんだ。人間って、喜怒哀楽のどんなことでもエネルギーにできる逞しい生き物だからね」

でも——、とハンは口ごもる。

「君の、あのバイク——名前なんて言ったっけ」

「ああ、RGV-Γね」

「そう、そのガンマちゃんが、君が生き急いでいるようで見てられないって。あのときも、君はわざと事故にあって死のうとしたんじゃないかって心配してるんだ……」

そうだ。レースの終盤。右コーナーでＴＺが食らいついてきたときに、まだわたしは引き返すことができた。でもしなかった。狩られる側に回るのは、もう嫌だから。あの頃に戻るくらいなら死んだほうがマシだから。

ハンは、わたしが拒否したチョコレートクッキーをかじかじと小さく齧りながら、うつむく。

「まぁ、たとえそれがどんな結果になっても、ガンマちゃんは君の選択を尊重したいと言っている。でも、マシンに比べて人間のカラダは脆いから――。最悪のときが来る前に、君に一度選ばせてあげたいみたいなんだ。過去は変えられないけど、その先、これ以外の人生を」

「いらない、そんなの」

テーブルの下で拳を握りしめる。母の暴力や息苦しい家庭から逃げて、今までギリギリの選択で走ってきたつもりだった。そのやり方さえ否定してしまったら、自分の価値自体が消滅してしまう気がした。

「まぁまぁ」とりなすような調子で、ニクがモニターのスイッチを入れた。

「ちょっと映画鑑賞のつもりで、これ見てみてよ。動画編集に半日もかかったんだよぉ」

そこには、わたしが「レーサーになる以外」の人生が映し出されていた。実際にこの人たちは、どこかで暮らしているという。

１人目は、樹木医だった。指先でいつくしむように木の肌に触れ、細部を観察している。ハンが、栄養ドリンクの瓶のようなものを持って解説した。

「これは〝ソーマ〟。人間の能力は、ここにあるたくさんのソーマのバランスでできているんだ」

箱についている例のパイプから、瓶の液体をドボドボ流し込む。瓶にはさまざまな色があり、それがパイプの色と対応しているようだった。次第に箱の下にあるタンクの目盛りが増えていく。

「タンクの総量はみんな同じだから、各人に優劣が出るわけじゃないんだ。ちょっとバランスが変わるだけ」

しかし――、なんだかちょっとこぼれているし、入れ方も雑だ。こんな能天気な太っちょたちの采配で、人間の資質がつくられていると思うと、くらくらと眩暈がした。

ハンは、わたしと画面の女性を交互に見比べる。

「今の君には、闘争心が多めに入っている。樹木医の彼女には、共感力とか観察力にウェイトを置いたかな。幼少期の体験のせいで、人間関係は苦手になってしまったけど、自然や樹木とのコミュニケーションは抜群だ」

2人目は、自分のように傷ついた人を取材して、その存在を世に伝えるフリーライターだった。

「彼女の場合は、運動神経のタンクに入れるはずのソーマを間違って娯楽中枢に注いじゃってね。あはは。レースとかスポーツは全然ダメだったけど、物事を楽しむことはわりと得意だったみたい」

3人目は、子どもを抱いていた。幸せそうに頬ずりしている。専業主婦だった。ハンとニクが一瞬目配せをしたのが気になった。

「この子は――、ちょっと特別なんだ。自死の危険があって、過去の――虐待の記憶をすべて消去した。その選択が正しかったかどうかは、僕たちにもわからない。でも今の彼女が満たされていることは、まぎれもない事実だ」

コーヒーはすっかり冷めていた。沈黙が部屋を包む。わたしは3人の顔を交互に思い出していた。どの女性も幸せそうだった。自分はあんなに幸せそうに笑ったことがあっただろうか。レースに勝っても、まだだ、まだ足りないと自分を追い立ててきた。もっと速く、もっと強く――。

「……で、どうする?」

ニクが、上目遣いで言った。「つまりその、別の人生を選ぶかってことだけど。ソーマの配分なら今からでも変えられるんだ。もしどうしてもっていうなら記憶だって――」

「そんなこと急に言われたって、わかんない!」

めずらしく声を荒げていた。わたしは一体何を求めているのだろう。再び沈黙が部屋を包む。

玄関の扉がノックされる音がした。ハンが扉を少し開けて、ノックの主と短い言葉を交わす。

「ガンマちゃんが直ったそうだ」

外の運動場のような敷地に、V-Γはあった。レースの前よりきれいな光沢を帯びているようだった。そして傍らには、なんということか、本物のチーターが寝そべっていた。トイレの壁を蹴っていたあのころから憧れ目指し続けた、世界最速の肉食獣。わたしの姿を認めると、その美しい生き物は首を起こし、すっと立ち上がった。

目の前の出来事が信じられず、ハンの顔を見ると

「だ・か・らー、ここは『ifの里』だって言ったでしょ。『もしも別の人生を送るなら』という可能性を提供するのがここの存在理由だよ。でも、たまには『もしもチーターと一緒に走ったら』っていうのも愉快でいいと思わないかい？」

照れくさそうに羽根をパタパタさせた。

エンジンをふかすと「さぁ行こう」とでも言いたげに、V-Γは唸った。アクセルを開け、ギアを上げていく。たった数秒で時速100㎞の加速力を持つというチーターは、鮮やかにわたしを抜き、みるみるうちに小さくなる。しかしマシンは負けない。ギアの加速とともにぐいと距離を縮め、一気に先頭へ躍り出ようとして――やめた。

チーターの速度に合わせ、ぴったりと横を併走する。この美しい生き物と共に走るのが、純粋に気持ちよかった。強者だろうが弱者だろうが、もうどっちでもいい。この生き物と風を感じたい。体が風に溶ける。

――わたしはこの道を行く。

膝でタンクを挟み込み、立ち上がってガッツポーズをとった。機械にも喜怒哀楽があるのだろうか、V-Γの笑い声が聞こえる。チーターもまた、笑った。

蜃気楼の向こうでチェッカーフラッグがはためく。

我が名はΓ

鳥紅庵

スズキＲＧＶ２５０ΓＳＰ、形式名ＶＪ２２Ａ。彼は不思議な生まれを持ったバイクだった。

当時、２５０㏄クラスで戦われるＧＰ２５０というレースがあった。そこにホンダとヤマハが投入したのはＮＳＲとＹＺＲ。この２台はワークスマシン、つまりメーカーが自社チームのために作り上げたレーシングマシンだ。これをプライベートチーム向けに販売した市販レーサーがＲＳ２５０ＲとＴＺ２５０。保安部品の装備とデチューンを施して公道を走れる市販車としたのがＮＳＲ２５０ＲとＴＺＲ２５０だ。いわば、彼らはワークスＧＰレーサーを頂点に戴く、エリートの系譜であった。

だがＲＧＶ２５０Γは違った。世界最高峰、バイク界のＦ１であるＧＰ５００レースには無敵のワークスマシン、スズキＲＧ５００が君臨していた。これの市販モデルが５００Γだ。だがスズキには、ＧＰ２５０にまでチームを作る余裕はなかった。だから、ＲＧＶ２５０Γに母体となったワークスマシンはない。最初から市販車なのだった。ここから保安部品を外し、シングルシートやクロスミッションなど、公道を無視したパーツを組むことでレーサーになるのだ。

つまり、Γは「サラブレッド」であるワークスマシンを持たない、最初から市販車として設計されたレーサーという、いささか奇妙な出自を持ったバイクであった。

彼の乗り手は自分を手に入れたものの、大して走らせることもせずに手放した。どうやら低いハンドルも、後退したステップも気に入らないようだった。野獣のように吹け上がるエンジンを恐れ、アクセルを開けるのもおっかなびっくりだった。彼はエンジンをかけられるたび、「もっと開けようよ」と誘うつもりでクァン！　と回転を上げたのだが、乗り手はそれさえ故障扱いした。

どんなマシンにも技術と情熱は惜しみなくそそがれる。だが、その配分は違う。オフロード車なら走破性を、ツアラーなら快適さや安定性を。Γは全てをレースのために振り切って設計されていた。

それは彼が望んだことだった。彼がその形を得る前、マシンの魂だった頃、彼は妙な二人に会ったのだった。そこはバイクを生み出すファクトリーだった。工作機と無数のパーツが並ぶ工場に、２台の丸っこいロボットがいた。

「君ハ何ニナリタイノカナ？」

ロボットは聞いた。

「ココハ、ifふぁくとりー。君ニ注ガレル技術ト情熱ヲ配分シ、未来ヲツクルコトガデキル」

「例エバ」

もう１台が空中に投影された映像を指し示した。

「少シ未来ニナルガ、コンナばいくモ、デキル」

それは不思議なマシンだった。排気管がない。

「コレハ電気もーたーデ走行スル、ぜろ・えみっしょん・ばいくダ。性能ハスゴイゾ。シカモ、汚染物質ヲ出サナイ」

「前方警戒装置ト自動ぶれーきモ装備シタ。人ニモ環境ニモ優シイ」

そんなものはいらん、と彼は思った。速く。ただ速く。暴力的なまでに速く。自分を乗りこなすにふさわしいライダーと共に駆け抜けたい。

「ソウカ……デハ、わーくすましんハ、ドウダイ？　勝ツタメノ技術ヲ、ウント増ヤストコウナル」

ロボットは別の映像を示した。ワークスカラーを身にまとった、華やかな舞台でチェッカーフラッグを受けるのがふさわしいマシン。

これも違う。彼は思った。違うんだ。そんなサラブレッドみたいなのじゃなく。何も持たず、ただ走ることを目指して――

「ジャア、コレカナア……」「ソーダネエ……」

ロボットは額を寄せて相談すると、サラサラとボードにレンダリングを描いて、彼に見せた。

「アノネ、コレハ、けだものミタイナばいくナンダ」

「2すとダカラ大気汚染ハ激シイシ、燃費モ最悪。おいるモがんがん減ルナー」

「らいでぃんぐ・ぽじしょんハ鬼ノヨウニキツイ。足ツッチャウヨ」

「ソノクセ、母体ニナルわーくすハモタナイ。実力勝負ダケ」

それだ！　と彼は思った。

「マー、仕方ナイネ」

彼らは工作機らしいものに何かをドボドボと注ぎ込んだ。「馬力」「速さ」はあふれるほど。「ハンドリング」はずいぶん際どい量になった。「つらみ」「やせがまん」などというエッセンスも、どばどば振りかけられた。一体自分は何になるんだ？　と一抹の不安を覚えた次の瞬間、彼の魂は現実へと飛ばされ、ＶＪ２２Ａという体を得たのである。

さて、そうやってこの世に生まれた彼だが、最初の持ち主は彼の乗り手にふさわしくなかった。そして今、このバイク屋に置かれているのである。何人かの人間が彼に興味を示したが、またがってバックステップに足を乗せるなり、「うわ、つらいわー」と笑って離れていくのだった。

だが、今ここにいる彼女は違う。Γは彼女を見た瞬間、しなやかな獣を想像した。長い足と柔軟な背骨で地を蹴り、草原を駆け抜ける獣を。

彼女はじっとΓを見た。狩人が得物を見定める目で。その鋭い目がフッと緩んだ。そして、タンクをそっとなぞった。しなやかな指をグリップにかけ、きゅっと握った。長い脚を振り上げ、シートに跨り、腰を落とす。彼女の重みを受けて、サスペンションがクッと縮んだ。傷だらけのブーツを履いた脚を曲げ、ステップに預ける。そして、きゅっと脚を閉じて、内股でΓを挟み込んだ。Γは自分のエンジンが、未知の領域まで吹け上がる未来を感じた。

この人だ――Γは直感した。

それを狂っていると誰が言える

メイ

（お疲れ様、打ち上げはどうしたんだい？）

「抜けてきた。やっぱり、ああいう場はちょっと居心地悪くて」

（主役が何を言ってるんだか）

「だとしたら、あなたがいないのは変じゃない？」

（焼肉屋のＶＩＰルームで、ピッチャーから給油口にガソリン注がれてるバイクなんて、聞いたことないがね）

「レースの打ち上げは、あなたと二人がいい。静かなこのガレージで」

（ひょっとして、酔ってるのか？　俺のとは違う、揮発性燃料の香りがする）

「少しだけね。でも、あなたと走るときの高揚感には叶わないかな。今日はウェット路面だったから、滑らないようにあなたのリアタイヤにずっと意識を集中させてた。あの緊張感はサーキットでしか味わえない」

（君のセンサーは繊細だ。俺のわずかな振動の変化まで嗅ぎ取ろうと、君の意識が身体のすみずみまではい回るのがわかる）

「ごめん、嫌だった？」

（全然？）

「ああいうとき、あなたととても深く繋がっている気がするの」

（ああ、そうだね。繋がっている）

＊

「虫の声がするわ」

（君たちがスズムシと呼んでいる昆虫かな。日本人はああいう音もありがたがるのだろう）

「あなたのエキゾーストノートも、最高よ」

（よしてくれ、あんなものは単なるケダモノの雄叫びだ。優雅な声といえば、ハーレー・ダビッドソンはいいCMを作ってもらっていたよ。知ってるかい、アメリカのCMだ。部屋で赤ちゃんが泣いていると、誰かがガレージにあったハーレーのイグニッションキーを回して、エンジンをかける。すると、その振動音を聴いて赤ちゃんがすっかり安心してしまうんだ）

「胎児のころに、子宮で聴いていた音の周波数に近いんだってね」

（俺にはよくわからないが、それだけ母親という生き物は偉大らしい。君にも幼いときがあったんだろうな。小さくて頼りない君も、それはそれで愛らしかったのだと思うが）

「かもしれないわね。でもごめん。そう言われるのにまだ慣れてないの。それと、母の話をすることにも」

＊

「――ねぇ、少し昔の話をしてみてもいい？」

（もちろん）

「私がまだバイクに乗れる年頃じゃなくて、自転車に乗ってたころ。小さな生き物をよく殺してたの。アリや蝶から、弱りかけたスズメまで。つぶすと黄緑色っぽい体液や真っ赤な血液が飛び出す。それが、きれいで。涙や血も流さずに漫然と生きている自分より、よっぽど〝生〟を感じさせてくれると思ってた」

（なるほど。それも人間の感じ方の一つなのかな）

「ほかの人がどう思うかはわからない。でも、私は憧れたの。自分のことも噛んだり、包丁で切ってみたりしたよ。ママ――いえ、母が『じゃあ死んでみなさいよ』って手伝ってくれようとしたこともあった。でもやっぱりその血はきれいじゃない。自分みたいな醜い人間からは、臭くて濁った血しか出ないというのが、あのときの結論」

（うーん。君を醜いとは、感じたことないけどな）

「気休めでもうれしいよ。まぁ、だからね、好きになった人がいると、その人の血を見てみたくなるの。美しくて眩しいその人の、生きてる証を確かめたくなる。例えばこんな風にして……」

（んっ……。当たっているのは、前歯と犬歯……かな。こうやって相手のボディ、いや、肉を噛むんだね）

「そう。本当は、肉が裂けて血が滴り落ちるまで歯を喰い込ませたい。でもギリギリでなんとか押しとどめてる。大切にしたい人なのに、その肉体を壊したいなんておかしいよね。私、狂ってるかな？」

（どうだろう。矛盾する気持ちというのは、誰の中にもあるんじゃないかな。例えば俺は、この世で1日でも1秒でも長く走り続けたいが、君にリミッターを外されてカーブで大破する結末を夢想する

 こともある。スピードに狂ったレーサーが俺を潰すなら、それもまた幸せだと。そんな俺も狂っていると言えばそうかもしれない)

「そんな危なっかしいあなただから、私のパートナーに選んだ」

(だとしたら光栄だ。しかも、人間と自律的に会話するマシンなんて。ＡＩでもないのに誰も信じないだろうな)

「話せるようになったのは、あの事故からだね」

(あの太っちょ天使――君はニクとハンと呼んでいるようだが――に、言語機能を付けてもらったんだ)

「ふふふ、あの二人にはすっかりお世話になっちゃったね。でも、どうして?」

(君が一人で死に急がないように、かな。もしものときには俺も一緒に逝くと言えるように。奴らとは腐れ縁でね。代わりにパーツの互換性を失ったけど後悔はしていない)

「ありがとう。だったら……私と一緒に狂ってくれる?」

(もちろん。最初からそのつもりだ)

＊

「ごめん、見ないで。少しだけ、待って」

(君のそんな顔を見るのは初めてだ。それはどんな感情なんだい?)

「恥ずかしい、かな。今からすること、驚かないでね」

(ああ、タンクに君の肉が当たっている。いつもと違って、柔らかく滑らかだ)

「私の体液と、このタンクの中に入っているあなたのガソリン。ぐちゃぐちゃに混ぜ合わせて取り込みたい」

(どちらのものか、見分けがつかないほどに?)

「ええ。後はあなたのキャブレターが、サーキットの空気とブレンドさせてエンジンに送り込んでくれる」

(それは素晴らしい。俺の機体の中で、君をより強く感じられるなら)

「マシンに欲情する人間なんて、軽蔑する?」

(それは君たち人間の価値観だろう? このガレージには、俺と君しかいない。互いが認め合えば、それでいいのでは)

「よかった。少し……動いてもいい?」

(君が、快感に身を委ねているのを見るのは、好きだ。いつ、いかなる時にでも)

「ありがとう」

(なぜ泣いている?)

「わからない。でも、うれしいか悲しいかのどちらかと訊かれたら、うれしいんだと思う」

(そうか。なら、よかった)

「――ああ、ケダモノが、目を覚ます」

狂おしき血

鳥紅庵

少女は夜のとばりが下り始めた森の中をさまよい歩いていた。

その、ろくな履物もない足は岩や草に傷つけられ、血をにじませていた。そうでなくても彼女の手足は、いや、体のあちこちが、あざや傷だらけだった。それはきつい労働でついたものもあったが、母親や男たちに叩かれ、蹴られたものもあった。

さらに言えば、少女自身が自分でつけた傷も。


少女は血を見慣れていた。自分の体から流れる血を。それは口の端や鼻から流れる血であったり、傷口から流れる血であったり、自分の脚の間から流れた血であったりした。汗臭く、酒の匂いを漂わせた男が初めて自分にのしかかった時も。

本当はそんなことは大嫌いだった。だが、抵抗すると男に殴られた。泣いていたら母親にも殴られた。さっさと股を開いて金を稼ぎな、あんたにできることなんてそれくらいなんだよ、と。

もっとも、母親に殴られるのはいつものことだった。理由は知らない。お腹が減って、母が男といるところに行くと殴られた。そうでなくても殴られた。男が来ないと言っては彼女を殴り、金を持って来ないと言っては殴った。

そうか、自分はそんなものなんだ、と少女は思った。世の中の悪いことは全部、自分のせいなんだ。

自分はきっと、腐ったワイン袋みたいなものなんだ。だからみんな、私を殴るんだ。

そう思って自分の手を尖った石で切ってみたこともあった。だが、自分の手から流れた赤黒い液体は、腐った臭いがするように思った。そうか、腐ったワイン袋なんだもの、当たり前だ。彼女はそう思った。

母は傷口を見てまた怒った。医者にかかる金なんてないんだからね、と。それから、顔はやめな、とも言った。客が嫌がるだろ。


それでも彼女は耐えらえた。ただ一つの救いは、美しい花や蝶だった。手にすると輝くばかりの生き物。自分とは全然違う。それは、同じこの世のものとは思えなかった。腐ったワインなんかじゃない、きっと天使のように眩いものに違いない。自分なんかとは全然違う。ねえ、あなたは本当に生きてるの？　それとも、私が見ている夢にすぎないの？

気づいたら、彼女は蝶の胴を押しつぶしていた。自分の手に尖った石を押し付けてみた時のように、じわじわと力を込めて行ったのだ。蝶は黄色い、粘つく汁をブチュッとほとばしらせると、力なくパタパタと羽ばたいた。ああ、これはちゃんと生きているんだ、と彼女は思った。それに、いけない。美しい翅が傷まないようにしなきゃ。だってきれいなんだもの。とってもきれいな生き物なんだもの。

その日、母親は彼女を殴った拍子に、彼女が大切に抱えていた小箱を叩き落とした。土間に落ちた箱から飛び散ったものを見て、母親は悲鳴をあげた。それはつぶれた蝶の翅、青い小鳥の翼、ちぎった玉虫の翅などだったのだ。彼女が「美しい生き物」であることを確かめ、心から愛でて、血を流すことによって生き物であることを確かめた、小さな宝物。

「あんたは魔女よ!」母は叫んだ。「こんなものを集めて、何をする気だい! あんたを産んだってだけでもロクなもんじゃなかったのに、あたしを呪い殺す気かい!」

そう言って、母は宝物を蹴飛ばした。

ああ、自分は腐ったワイン袋ですらない、忌み嫌われるだけの、神にすら背いた魔女だったのか。

少女は真の暗闇を悟った。ならば、自分の居場所はもうない。人里に魔女がいてはならない。魔物のいる場所は、暗い森の奥だ。

かくして、少女はあてもなく、森の奥へと彷徨い込んで行ったのだった。


どれほど歩いただろう。呆然と歩いている時は何も感じなかったのに、急に体が動かなくなった。私なんかでもお腹は減るんだと思ったら情けなくなった。木の根元にしゃがみこむと、本当に立てなくなった。少女は身を抱えるように、そこにうずくまった。

遠くにオオカミの遠吠えが聞こえる。その声がだんだん近づいてくるのがわかった。どうしよう? と思ってから、おかしくなった。私の血なんて、そんな腐った汚いものを食べるオオカミがいるわけない。私は、オオカミの餌にもならない。

ふふふ、と乾いた笑いが漏れた。ははは。ハハハハハハハ。少女は涙を流しながら笑い続けた。

ザアッと風が吹いて枯葉が舞い上がった。その向こうに、少女は黄色く光る目を見た。オオカミが来たのだ。オオカミは闇の中に影を浮かび上がらせ、用心しながら近寄ってきた。雲の切れ間から青い月光が差した。

それは美しい生き物だった。見事なたてがみを風になびかせ、スラリとした脚を踏ん張って立っていた。この生き物の血はどんな色だろう？ 少女は場違いなことを思った。きっと、高貴なルビー色の血を流すのに違いない。その獣が手傷を負い、荒い息をついて血を流しているところを想像すると、男に触れられても決して感じることのなかった感覚が湧き上がるのを覚えた。

「ここで何をしている」

いきなり声をかけられて、少女は驚いた。だが、これほど美しい獣ならば、話せても当然という気もした。あるいは自分が魔女ならば、オオカミの声が聞こえても。だが、声はもう少し高いところからしていた。彼女はその時初めて、オオカミの頭に手を載せるように寄り添って立つ人影に気づいた。

「お前は誰だ。村のものか」

それは若い男だった。背が高く、スラリと痩せていた。月明かりで見る限り、彼は見たこともないような、立派な身なりだった。村長だってこんな服は着ていない。真っ白なシャツはちゃんとボタン止めだ。高いカラー、仕立ての良さそうな黒いズボンと上着に、丈の長い黒いコートをまとっている。そして手袋。まるで話に聞く貴族のようだ。

「あ、あの……」

少女は言葉をつなごうとした。だが、何を言えばいいのかわからない。私は魔女で、森に帰ろうと思いました――そんなこと、誰が信じるだろう。

すると、男は薄く笑った。

「いや、お前は魔女ではない」

え？　少女は訝った。声に出してしまったのだろうか。それとも、この人にも見えてしまうくらい、自分は醜い魔女になっているのだろうか。それを「違う」となぐさめてくれたの？

「なんにしても、疲れているようだな。今夜は私の館で休むといい」

そう言うなり、男はもう、少女のすぐ横に立っていた。男の手が伸びるのを見て、反射的に身をすくめる。だが、男はそっと少女を抱き上げ、オオカミ……いや、人が飼っているのだから、大きな犬なのだろう……の背に乗せた。

「しっかりつかまっていなさい。そう、首に手を回して。それでいい。ラウル、客人だ、丁重にな」

巨大な犬はぴくりと耳を動かすなり、ビュンと音を立てそうな勢いで走り出した。少女は必死にその首にしがみつく。ゴワゴワした毛並みからは、ツンと獣の臭いがした。ああ、この子は生きている。そう思ったらうれしくなって、少女はグイと首にしがみつき、みっしりと分厚い毛並みに歯を立てた。


気がつくと、少女はお屋敷の大広間にいた。横にはラウルというらしい、さっきの犬が控えている。壁を飾る金押しの革の壁紙も、壁に飾られた肖像画も、見たこともない豪華さだった。それに何より、燭台！　高価な蝋燭が惜しげもなく灯されている。これがあの男の言う「私の館」なのだろうか。だとしたら、本当に貴族様だ。そう思っていたら、窓辺に一瞬、黒い影がよぎった気がした。え？　と思った次の瞬間、そこには先ほどの若い男が立っていた。

「客人を待たせて申し訳ない。ラウルは足が速くてね」

彼は色白の端正な顔を薄く笑わせて、そう言った。燭台の明かりに照らされて見ると、男はとても美しかった。蝶の美しさではない。なんだろう。月明かり？　そう、月光が人の姿をとって差し込んだようだ。蒼白く、美しく、危うい。

「申し遅れたが、私はこの館の主人だ。ノスフェラトゥとでも名乗っておこう。君の事情は詳しくは知らないが、とにかく今日は……あー、もう遅い。ここで休むといい」

「あ、ありがとうございます、ノス、フェラトゥ様……でも……」

「気にすることはない」

ノスフェラトゥは洗練された仕草で手を振った。

「部屋はいくらでも空いている。客間を用意させよう」

それから、彼は「あ」と声を漏らした。

「そうだ、君には食事がいるな。すまない、失念していた。それも急いで準備させる。簡単なものしかないと思うが、許してほしい」

「ですが……」

「気にすることはない、と言った」

ノスフェラトゥは少女の目をじっと見た。その目が紅く見えた気がして、少女は口をつぐんだ。

「君の名は？」

「イレーヌです」

「そうか、ではひとまず休んでくれたまえ、イレーヌ。後の世話はその者がする」

振り向くと、そこにはいつの間にか、背の低い、ひどく背中の曲がった男が立っていた。これが執事ということだろうか。

「イレーヌ様、どうぞこちらへ」

彼は陰気な声でそう告げると、少女を食堂へ案内した。「簡単なもの」と言われた通り、館が立派なわりには、庶民的なパンと、豆とわずかばかりの塩漬け肉のスープ、それにカビ臭いチーズが何切れか用意されていた。だが、彼女の普段の食事——もしあれば、だったが——に比べれば、大層なご馳走だった。ワインもありますが、と言われたが、それは断った。それから、イレーヌは古びた客間に案内され、少々湿気てはいたが、見たこともない立派なベッドに横たわった。驚いたことにタオルと湯まで用意されていたので、とりあえず体を拭いた。


そして、しばらくすると、忽然とノスフェラトゥが現れた。

ああ、やっぱり。それが最初にイレーヌの思ったことだった。タダでこんなに恵んでくれる男などいるわけがない。いつものように服を脱いで脚を開いていればいいことだ。そう思って着物に手をかけると、思いがけず、ノスフェラトゥはそれを止めた。

「待て。そういうつもりではない」

「?」

「こんな時間に女性の寝室を訪ねたことは、謝る。だが君は疲れているようだし、なるべく楽にしていて欲しかったのでね。それと……いやまあいいか」

どういうことだろう。私を抱くのではなく、何か他のことをするつもりなのだろうか。痛いのは嫌だな、とぼんやり考えた。血が出るのも。私の汚い血が溢れ出すところなんか、見たくない。

「イレーヌ。何があったのかは、だいたいわかっている。だから、君がどうするつもりか聞こうと思ったのだ」

ノスフェラトゥはベッドの脇に椅子を持ってくると足を組んで座り、続けた。

「端的に聞こう。死ぬつもりか？　それとも、まだこの世にとどまるか？」

そんなことは考えたことがなかった。そもそも、自分が「どうするつもり」などと考えたことがないのだ。世界はいつも勝手に押し寄せて来て、イレーヌに選ぶ余地などなかった。

「村に戻してやることはできる。だが、それでは意味がなさそうだな。死にたいというなら、そうしてやることもできよう。だが、死ぬつもりではなく、村にも戻らぬとなると……」

ノスフェラトゥのものになればいいのだろうか？　だが、さっき彼は「そういうつもりではない」と言った。ひょっとして、本当に助けてくれるつもりなんだろうか？　人手が足りないようだから下女を置きたいとか？　でも。

「あの、このお屋敷はとっても美しくて」

イレーヌは震える声で言った。ラウルも、あなた様も美しくて、という言葉は飲み込んだ。

「ありがとう」

「でも私は」

「君は？」

「く、腐ったワイン袋で、それに、きっと魔女なんです」

それを聞くと、ノスフェラトゥはきょとんとした顔でイレーヌを見た。それから、細い喉をそらせて笑った。

「何度も言わせるな、君は魔女なんかじゃない。それに、腐ったワイン袋でもない。なぜなら」

顔を戻したノスフェラトゥの目が、再び紅く見えた。

「魔の眷属ならば、私にわからぬはずがない。それに私には君の血が透けて見える。腐ったワインなどではないな」

「え」

イレーヌはベッドの上で身を引いた。今、目の前にいるこの美しい男は。

「そう、私は吸血鬼《ヴァンピール》だ」

そう言ったノスフェラトゥの口もとから、鋭い牙が覗いた。

「先ほど、女性の部屋を訪ねたことを謝ると言ったが、今この刻限が、私にとっての昼間だという言い訳もさせてほしい」

笑いながら言葉を続けたノスフェラトゥは、イレーヌの目をじっと見た。

「吸血鬼といえば見境いもなく若い女を襲って血を吸うと思われているのも無理はない。だが、我々はそこまで慎みのない一族ではないぞ。憐れみも持っている。君がどこかへ行きたいというのなら、送ってやろう。それくらいは、貴族の務めだ」

信じられなかった。悪鬼であるはずの吸血鬼が、今まで出会ったどんな人間より、優しいのだ。何より。

「あの、本当ですか。私は魔女ではないのですか」

「違うな」ノスフェラトゥはさらりと否定した。「ただの人間だ」

「でも、やはり、私の血なんか欲しくないんですよね」

「困ったことを言う」ノスフェラトゥはそっぽを向いた。「これでも自制心を発揮しているんだぞ」

嘘だ。イレーヌは思った。やっぱり、私の腐った血なんか欲しくないんだ。でも、「腐った」と自分で言ってしまうと泣きそうな気がして、そう言えなかった。はっきり言った方がいいだろうか。

「さっき、腐ったワインとか何とか言っていたな。自分をそんな風に思っているのか？　まったく疑り深い奴だ。どうしたら、信じてくれる？」

「別に、信じなくても」

イレーヌは俯いた。信じるとか信じないじゃない。だって、私の血なんて腐りきっているに決まってるもの。美しい蝶々や小鳥とは全然違う。その命を奪ってでも、美しい生き物が生きているんだって本当に感じようとしていた私は、やっぱり罪深いのだろう。そうやって確かめれば確かめるほど、自分の血が腐っていくような。

「困ったな」

ノスフェラトゥは顎に手をやった。

「おそらく君を信じさせる方法が一つだけあるのだが、それは、私の言ったことに反する」

「どうするのですか」

「君の血を吸ってみせればいいのだが、それでは空腹を満たすためにやったのと区別がつかない。それに」

ノスフェラトゥは一度言葉を切った。

「知っていると思うが、そうなれば、君も人間ではいられない」

でも。とイレーヌは思った。この人が私の血を飲むなら、それはきっと、私を認めてくれたからだ。たとえ、ただの餌としてでも。この人の体の中に私の血が。

「一つだけ確かめたい」

イレーヌの様子を見ていたノスフェラトゥは言った。

「君は、この先、太陽がなくても、夜しかなくても生きて行けるか？」

「それは……」

イレーヌは思った。蝶も小鳥も見ることができないのか。

「だろうな。人は太陽の下で生きるものだ」

違う。イレーヌは思った。ここで「太陽がないと生きられません」と言ってしまったら、私はきっと、二度とこの美しい吸血鬼に会えない。世界で一人だけ、私を気遣ってくれたらしい人に。それなら――残りの世界なんか、全部捨ててもいい。何もしてくれなかった太陽など。

「構いません」

イレーヌは静かに、ノスフェラトゥの目を見つめながら、言った。

ノスフェラトゥの指が、少女の肩を引き寄せた。まだ、本当の意味では誰にも口づけられたことのない首筋に、男の息がかかる。ノスフェラトゥは優しく、慈しむように少女の首筋に牙を突き立てると、あふれでる生き血を啜った。真紅の、命の流れを。その瞬間、少女は信じることができた。この美しい人が、私の血を吸っている。極上のワインのように、谷間の清水のように、飲んでいる。私の血を――

イレーヌは男にすがりつきながら、涙をこぼした。


「これで君は私の一族となった」

ノスフェラトゥはイレーヌに宣告した。これから、自らの意思で、永遠の夜を歩んでいこうとする女吸血鬼に。

イレーヌは顔を上げると、微笑んだ。牙を覗かせながら。そして、言った。

「わたくしの初めての夜に、あなたの血をくださいませんか?」

血の分身

メイ

「こんなはずじゃなかった」

女は、イレーヌが逃げこんだ暗い森のシルエットをぼんやりと眺めながら、煙草に火をつけた。

夜の森は危険だ。獣に襲われることもあれば、夜盗だってうろついている。村長の代にあたる老人たちからは、あの森はかつて「鬼の巣」と呼ばれていたと聞いたことがある。彼らは「鬼の巣に迷い込んだ若い娘は、生きて戻らない」と、おぞましい獣について語るかのように皺の刻まれた顔を歪めた。それなのに、自分の一人娘が命の危険にさらされているというのに、窓越しの世界はひどく遠いものに思えた。

「こんなはずじゃなかった」

今日幾度となく呟いた言葉をまた口にする。若いときからの口癖だった。ときには誰かに聞かせるような恨みがましい声で、ときには消え入りそうなほど、細くかすれた声で。

ランプの灯りが女の顔を照らす。かしいだ窓ガラスに、眼窩のくぼんだキツネのような顔が無表情に映っている。イレーヌを産んだころはもっと溌溂とした性格で「太陽みたいな笑顔だ」と男は褒めてくれたものだった。

吸い殻が床に落ちても、拾う気になれなかった。

「こんなはずじゃなかった」

女の名前は、アンナといった。先祖代々の土地で葡萄農家を営んでいた両親が、「優しい子になるように」と願って名付けたものだ。裕福な家で、幼いころは飼っていた犬と葡萄畑で遊んだ。青々と連なる生垣でかくれんぼをし、秋は紫色に輝く宝石をつまんで食べようとしては父によくしかられた。でもそんな収穫の日には、母のつくるポトフが待っている。両親はとてもやさしかった。

恋をする年頃になって、扱いは一変した。もともと躾には厳しい家だった。帰りが遅くなっただけで、豊かなブロンドをつかまれ床を引きずり回された。髪が頭皮ごと束で抜けたこともある。そんな家が嫌で、二十歳になるのを待たずに、恋人と駆け落ち同然で村を出たのだった。

男の村に嫁いだ翌年には、腹の中に新しい命が宿った。二晩にもおよぶ難産だった。お産のあとに産婆さんが、真っ白なシールにくるまれた赤ちゃんをアンナの腕に抱かせてくれた。ふわふわとした巻き毛の愛らしい女の子だった。温かくて、ほのかに甘い匂いがする。「天使が舞い降りた」と、涙を流して神に感謝した。その晩は、「小さくて丸い鼻はあなたに似ている」「じゃあバラのように可憐な唇はキミ似だね」などと、夫婦で頬を寄せながら飽きもせず我が子を眺めたものだ。この子の未来が優しいものでありますように。司祭とも相談して、「平和」を意味するイレーヌと名付けた。

その日から、アンナは子育てに忙殺された。

真夜中でも容赦なく泣き声で叩き起こされる。2時間置きに乳をやらねばならなかった。泣いている理由がわからないときもあった。こんなときに頼りになるはずの両親には、あれから手紙も送っていなかった。この村には心を許せる友だちもいない。「君を幸せにする」と豪語したはずの男は、ベッドで目も開けないまま、赤ん坊を泣き止ませることができない妻を無能だと責めた。アンナの若くて愛くるしい顔から、微笑みが消えていった。肉体の養分を子育てに費やしていることで、頬は椎の樹皮のように荒れ、美しかったブロンドの髪も藁のように枯れていた。同じ年ごろの娘たちは、熟れたリンゴのように艶々と輝き、人生を謳歌しているように見えた。

男は、そのリンゴの一人と恋仲になり、あっさりと家を出て行った。土地の領主だった男の両親からは、慰謝料として申し訳程度の金を渡された。

「こんなはずじゃなかった」

怒りの矛先は、思い通りにならない赤子に向いた。最初に蜜の味を知ったのは、まだイレーヌがハイハイをしていたころだろう。泣き止まない娘の腕を力いっぱい握ると、驚いたような表情になり声が止まった。ふくふくとした腕に指の跡がついた。胸がちくりと痛んだが、自力で子どもをコントロールできた達成感のほうが強かった。わたしは無能じゃない。自分自身に証明するかのような喜びもあった。娘の未来の平和より、今、この一日を生き延びることのほうが大事だった。

その先の転落は、早かった。最初は腕を握るだけだったのが、娘の成長と共に尻や頭を叩くことに変わり、折檻が続くときには手が痛くなるので馬用の鞭を使った。蹴ることも階段から突き落とすこともあった。わたしを裏切ったあの男に、年々似てくる顔立ち。特にその丸くて小さな鼻を拳で叩きつぶすときには、復讐に似た快楽があった。幼いときは声を出して泣いていたイレーヌも、畑の仕事が手伝える年頃になると涙を流すことを止め、裂けた腕やこめかみから流れる血をただ眺めていた。

「どうしてこんなことをするの？」

言葉にこそ出さないが、そんな目で母親の顔を見つめてくることがあった。まるでその顔に答えを探すかのように。「何よその目は！」。アンナは自分が責められているような感じがして耐えられず、その事実をひねりつぶすかのようにイレーヌに新たな制裁を加えるのであった。

夜のとばりが下りると、ささくれた心も静けさに包まれる。イレーヌの寝顔を眺めるのが好きだった。すぅすぅと息を立てて安らかに眠っている。カールしたまつ毛がかわいい。もみじみたいに小さかった手は、ずいぶん大きくなった。薔薇色の頬をそっと両手で包み込み、おでこにキスをする。今でも天使だった。この子が産まれたときの喜びを忘れるはずがない。

それなのに――。自分はなんて恐ろしいことをしているのだろうと、鳥肌が立つような罪悪感が足元から上ってくる。地面が割れて飲み込まれそうな恐怖に襲われる。わたしは狂っている。このままではこの子を殺してしまう。いっそ森にでも捨ててしまったほうがいいのだろうか。いや、でもそれは――。震える手で棚から安酒を取り出し、グラスにどぼどぼと注ぐ。胸が焼けるような液体を一気に飲み干すと、ようやく気持ちが落ち着くのだった。

あの子は、わたしの血を分けた分身。

愛しているの。

でもわたしだって大変なの、仕方ないでしょ。

あの子は聡明だから、きっとわかってくれるわよね。

アンナの目を恐怖から背けてくれるのに、酒と男はうってつけの存在だった。領主のぼんくら息子から、鍛冶屋の独り身、粉ひき職人まで、求められれば誰とでも寝た。避妊という意識はなく、男たちは欲望を遠慮なく女の中に吐き出した。村の噂は風のように早い。そのうち金を包んでは継続的な関係を求めるものが現れ出した。アンナは自分の血が汚れていくのを感じた。積み重なると、小さな畑で汗水たらす労働なんて馬鹿馬鹿しくなるほどの額になった。

汚れていくアンナと対称的に、イレーヌは美しい娘に育った。まるで自分の美貌が娘に吸い取られたようで、忌々しい気持ちでそれを見ていた。アンナの女の部分は、母である部分より強かった。客のひとりがイレーヌに目をつけ、決して安くない額のかわりに処女を抱いてみたいと耳元で囁いた。彼女は承諾した。あれはわたしの決断ではなく、何か別の悪魔がそうさせたのだ。アンナは今でもそう思っている。

自分の分身である娘は、わたしより美しくあってはならない。わたしより幸せであってもならない。自分と同じ汚泥に置いておくのが一番安心だ。そう心の中で望んでいたのは、彼女自身であったというのに。

アンナは見て見ぬふりをしたのだ。自分の中の悪魔を。

だから、あの地獄がやってきた。目を反らしたものを突き付けるように。

あの日、アンナは娘を殴った拍子に、娘が大事そうに抱えていた木の小箱を叩き落してしまったのだ。箱は土間に落ち、そこから飛び散ったものを見てアンナは悲鳴をあげた。

それはつぶれた蝶の翅、青い小鳥の翼、ちぎられた玉虫の翅など、目を覆うような死骸の数々だった。極彩色の〝死〟のコラージュだった。普通に道を歩いていて拾う類のものではない。あるいはイレーヌが手にかけたものなのか。無言の娘の中に、底知れぬ狂気を感じた。おぞましい。わたしも狂っているかもしれないが、この娘もどうしようもなく狂っている。恐ろしい血が流れている。


それは、あたしのせいだっていうの?

あたしがこんな化け物をつくったって? 認めない、認めたくない。

むしろ被害者なのはあたしのほうだっていうのに。

あんたは勝手に化け物になったの。あたしのせいじゃない!


アンナは叫んでいた。

「あんたは魔女よ!」

忌まわしいものを少しでも遠ざけたくて、小箱を蹴とばす。

「こんなものを集めて、何をする気だい! あんたを産んだってだけでもロクなもんじゃなかったのに、あたしを呪い殺す気かい!」

そうなのだ。アンナはまだ可愛い女でありたいという願いとは裏腹に、すでに商売女のような物言いしかできなくなっていた。娘の目には、溢れんばかりの涙が溜まっていた。

——娘？　本当にあの子ってあたしが産んだんだっけ？　誰かが「違う」って言ってくれたら楽になれるのに。あの子さえいなければ、あたしもっと自由に生きられた？

アンナの心のバランスは、もう平衡を取り戻せなくなっていた。

「あの子は、もういない」

アンナは二本目の煙草に火をつける。うつろな目を宙に漂わせたまま。

「こんなはずじゃなかった」

何をどこで間違ったのだろう。国が違えば、時代が違えば、あたしは幸せになれたんだろうか。あの子を幸せにしてやることができたんだろうか。でもそんなことは試せない。永遠の命でもあれば別だけど——。もう、それもどうでもいいことなのかもしれない。

「ちょっと疲れたわ」

アンナに表情らしきものが一瞬戻った。愛おしむように部屋の中を見回す。イレーヌを産湯に入れたテーブル。あの子が落書きした柱の傷。「チョウチョみたい」と気に入っていたドアノブの細工。

床にはおびただしい量の藁が積みあがっていた。ベッドの上にも椅子にも。そこには、残りの財産で買えるだけの獣の脂を塗ってある。

またね。

アンナは火のついた煙草をそのまま床に落とした。

天使の罪を問うな

鳥紅庵

こんなはずじゃなかった。何もかも。

向けられたマイクとムービーカメラを前に、男はその言葉を飲み込んだ。


男は科学者だった。彼はその研究の中で、新たなエネルギーの可能性に言及した。重力子を用いたマイクロ重力崩壊によるエネルギー放出。それは超新星爆発の再現であり、転換効率は核分裂の100倍、質量の1／10をエネルギーに変える理論だった。

その理論は、別の科学者たちによって工学的にまとめ上げられ、実用化への道がひらけた。放射線の遮蔽さえできれば、重力炉は夢のエネルギーとして、世界に発展と幸福をもたらすだろう。

その辺で気づくべきだったのだ、と男は思った。

だが、男は波動方程式で記述される量子力学の玄妙な世界に魅せられていた。その世界はどこまでも美しく、また、気まぐれな美女のように捉えどころのないシロモノだった。つれない美女を追いかけるように、数式を追い続けた。いわば恋に落ちた若者だった。そう、恋だ。盲目であるところも含めて。


彼は父親でもあった。妻も研究者だった。同じ研究室で恋に落ち、少ない生活費をやりくりして指輪を買い、研究室の仲間にも協力してもらって、サプライズで求婚したのだった。

その妻とも今は離婚していた。息子は妻が育て、週に一度は自分とも会うことにしていた。彼としてはむしろほっとした。一人で子育てする自分の姿も、常に子供がそばにいる生活も、想像がつかなかったからだ。正直に言えば、月に一度くらい、育ってゆく息子を見ることができれば、それで良いような気がしていた。

男とはどこまでも、生物としては孤独なのだ、と思った。射精のたびに放出される億を超える精子の中で、受精できるのは１個だけ。仮に12歳から１日１度射精したとして、と計算したのは、彼の癖だったろう。ちなみに答えは約１万２０００回。１回の射精で２億個とすると（１〜３億だが、次第に老化して減るであろうと考え、２億という平均的な数値を採用した）、$1.2 \times 10^4 \times 2 \times 10^8 = 2.4 \times 10^{12}$。普通の言い方なら２兆４０００億。せいぜい数百個の卵細胞とは桁が違う。

それだけ、男は安物なのだ、と彼は思った。数打ちゃ当たる、偶然に支配された、無数の精子を乱射する存在。はっきり言えば、妻が出産した時も、「我が身の分身」という思いは湧かなかった。

いや、と男は思う。自分は目をそらしたのだ。子育てする母親からも、育ってゆく子供からも、自分が生み出そうとしている理論の行く先からも。

彼は研究者として一流だった。父親としても、まあ、世間一般の目から見て、そんなに悪くはなかったと思う。育児もそれなりにやったし、息子も自分に甘えた。それでも、息子が母親に向ける目は、やはり違った。自分は「大きなオス」であり、母親は常に逃げ込める場所だった。何か聞かれれば丁寧に教えはしたが、彼はスポーツもアウトドアも苦手だった。実感の湧かない我が子に何をすればいいのかわからないまま、「まあこんなものか」と過ごした。何より、自分は研究に没頭していた。質の高い論文と研究資金の獲得という確固たる業績は、大学内での彼の立場を盤石のものとした。終身教授として在職が認められたのだ。研究者たちは不安定な期限付き雇用を渡り歩くのが常だった。いや、決して、肩書きや地位に目が眩んだのではない、と彼は自分自身に言い聞かせた。大学近くの閑静な住宅街に購入した家や高級車にも。

それらを支える破格の研究費の出所を、彼は考えなかった。彼の研究成果はいち早く特殊な大企業と軍の研究部によって応用され、彼が考えるのとは違う方向に洗練されていった。


同僚の一人は「研究結果がどう使われるか、そんなのは科学の本道とは関係ない」と言い切った。自分たちは真理に迫ろうと努力するだけであり、その使い道を考えるのは、自分たちではないと。「仮に進む方角を間違っても、それは足のせいじゃない」と彼はお得意のレトリックを披露した。「間違ったのは頭だ」

だが、と別の研究者は言った。

「それは、自分は行先を決める力のない、ただの足だと言っているに等しい」

その通りだった。男は「自分は何も考えないただの運動器官である」と自らを貶めるのは嫌だった。だが、それは同時に、自分が考えるべきことを考えなかった、という責任を自らに突きつけるのだった。科学者は世界を導くべきだ、などと思い上がったことはなかったが、少なくとも、自分がどうするかくらいは、自分で決めるべきだった。

そう、自分は否応なしに父親である以上、それを自覚すべきだったのだ。息子がドラッグに手を出し、悪い友人とともに逮捕される前に。

その時、自分は確かに、モゴモゴと息子に説教をした。母親は（研究の場の理路整然たる彼女とは似ても似つかない姿で）ヒステリックなまでに息子を叱り、一方で警察に食ってかかった。何かの間違いだ、と。あれに比べたら、自分は「親」としての覚悟がなかったように思う。それは、自分は足どころか、ただのペニスであると言っているようなものだった。


おそらく、彼の研究について、様々な形でアプローチがあったのだろう。研究結果は、論文として公表していない部分まで、他国に盗み出されていた。急速に軍備を拡大していたX国が、極秘裏に、重力子兵器の実用化を急ピッチで進めた。そしてついに。

X国は対立するY国との長年の問題にケリをつけた。たった2発の、重力子弾頭で。

あんなに美しかった彼の世界は、悪夢と化した。愛して止まなかった数式も方程式も、いまや死と破壊の天使だった。いや、人はこれを何度繰り返しても、やめることができなかったのだ。１９０３年にライト兄弟が空を飛ぶ夢を叶えたわずか10年後には、飛行機から爆弾が落とされた。$E=mC^2$という簡略極まりない「真理」は、ヒロシマ、ナガサキの2都市を消し去り、数十万の死傷者を……それも、あまりにもむごたらしい死に様を、もたらしてしまった。そして彼の研究は数百万人の死傷者を出し、一つの国を消滅させた。

男は自分が生み出した数式を呪った。同時に、愛してもいた。忌まわしくも、爆弾は彼の理論と数式が申し分なく正しかったことを立証してしまった。

ある同僚は泣いて自らの責任を告白した。それは正直な気持ちであったと思うが、同時に、研究者ならば自らの見つけ出した理論を愛してもいることを、そして、見つけた以上は発表せずにいられなかったであろうことも、男は確信していた。

また別の同僚は、それでも自分に責任はないと言った。仮に発表しなくたって、遠からず誰かが見つける。ババを引くのを先延ばしにするだけだ。それに、兵器に転用したのは軍人たちと軍需産業であり、使ったのはX国である、と。確かにそれは正論だ。だが、その言葉はやはり、空々しく響いた。

またあるものは死んだ。おそらく自殺だろう。彼は実験装置の強力な放射線に身を晒し、全身の細胞を破壊されて、急性の多臓器不全で死んだ。死ぬことができるまでの数時間、冷たい実験室の床で彼が何を思ったのかは知るよしもなかった。


彼の息子は、父親をなじった。反戦デモに参加し、「No more Y」のプラカードを掲げた。警官隊と衝突し、逮捕された。彼は身元保証人として警察に行ったが、息子本人に拒否された。そのことはもう、仕方ないと思った。むしろ息子が「正しく」育ったと感慨深かったほどだ。ただ、息子が物理学を否定するような言葉を吐いたのは許せなかった。それは親子がどうとかではない、物理学に対する誹謗であった。彼は懇々と説明しかけたが、やはり、すっ飛んできた母親にお株を奪われた。

かくして、この「フォトジェニックな」事件をかぎつけたマスコミが、彼のところに来たのだ。大量破壊兵器を生み出してしまった男と、それに抗議する息子。

実の息子については、「お前の人生だし、お前は間違ってはいない」としか言いようがなかった。だが、彼の発見した理論については、また別だった。あれは自分が骨身を削って解き明かした科学的事実であり、その可能性に気づいた日、問題を抱えて呻吟した日々、ブレイクスルーに気づいた日、予想通りの観測結果を得た日、論文を完成させるまでの日々など、すべての時がありありと思い出せた。そうか、と彼は思った。生涯に数十だか数百だかの論文を、どの論文も大事に書き上げる科学者にとって、それは「子供を宿し、産み落とす」ことの疑似体験なのかもしれない。

今の状況はまるで、自分の子供が重大な犯罪を犯して責められているような気持ちだった。我が子は愛おしい。一方、その責任を無視することもできない。しでかしたことはあまりに重く、決して許されることではない。そして、善悪の区別を持たないただの数式である彼の「子供」自身には、責任を負わせることができなかった。

ならば、それはやはり、自分の責任なのだ。いや、そんなことは誰しもわかっているだろう。なら、自分にしか言えないことを言うべきだ。彼は息子が生まれた時のことを思い出した。仮にあの子が重罪を犯したとしても、あの子が生まれたその日の、天使のような微笑みを語れるのは私だけだ。それと同じだ。

「このような恐ろしい兵器が作られたことについて、もちろん私にも責任があります。しかし……誰がなんと言おうと、あの理論は美しいものです。私の息子と同じく」

彼は向けられたマイクに向かって、語り出した。

あなたを満たすもの

メイ

――今をときめくゲストが、〝憧れのあの人〟と対談する番組『The Music Bar』！　今週のゲストは、日本人の女性ライダーとして初の世界大会トップ３に入賞した、プロレーサーの常盤ルイさんです。そして、常盤さんたっての願いでお招きしたのは、フランス出身アーティストのイレーヌ・プティさん。イレーヌさんは、天使のような美貌とソプラノボイスをよい意味で裏切る刹那的な世界観で、クラシック界からロック界まで熱烈なファンの支持を受けています。常盤さんは、レースの前には必ずイレーヌさんの曲を聴かれるそうですね。

常盤「はい。『月光の狼』という曲で、集中力を高めています。夜の森を風のように駆けていくオオカミを想像すると――不思議なくらい心が落ち着いて神経が研ぎ澄まされていくんです」

――イレーヌさんは、それをお聞きになっていかがですか？

イレーヌ「ふふふ、とても光栄ですわ。ミス・トキワがどんな走りをなさるかは、ロードレースの世界選手権で拝見したことがあります。まるで解き放たれた獣のように、ほかの選手を一瞬で抜き去っていく姿はとてもセクシーでしたわ。『月光の狼』は、わたくしが育った村で出会ったオオカミへのオマージュです。トキワの野性が共鳴したのであれば、それはわたくしにとっても大きな喜びです」

——日本語がとてもお上手ですね。

イレーヌ「日本の音楽が好きなんですの。長い年月をかけて、能や歌舞伎、軍歌やショーワ歌謡を聴き、コンサートにも通いましたわ。唯一の家族だった母を早くに亡くしてからは、小父に連れられて国を転々としたので、現地の言葉はすべて覚えました。歌う歓びを教えてくれたのも小父でした」

——イレーヌさんの生い立ちは壮絶なものだったと伺っていますが——

イレーヌ「もうずいぶん昔のことなので、悲しいことはほとんど忘れてしまいましたわ。人より少しだけ絶望が身近にあって、自分の血を呪っただけ。悲しみってね、持って歩き続けるには少しばかり重すぎるんですの。小父、と言ってもわたくしにとっては恋人のような存在ですが、彼がわたくしをそこから解放してくれました。今思えば、苦しんでいた母も、同じように救えたのかもしれません」

常盤「大切なお母さまだったのですね。家族をそんな風に思えるなんて、羨ましくもあります」

イレーヌ「いいえ、そう思ったのはつい最近で、たどり着くまでにはいろいろありましたわ。『ノスフェラトゥの口づけ』にも綴りましたが、小父——、いいえ、美しい男の吸血鬼が、この血をワインのように愛おしく飲んでくれたあの日。わたくしは初めて人から〝裸の自分〟を認められた気がしたの。あのときは互いにどちらのものか分からなくなるまで、赤く、美しい液体をむさぼり合いましたわ。あれからもう600年経つけど、わたくしが肉体としての血液を与えたのは彼だけ」

——なるほど。これは歌の主人公の話、ということですね。対談の最中でも、楽曲の世界に入り込んでしまう……イレーヌ・プティの天才たる所以を垣間見た気がします。そして血と言えば、常盤さんはご自身がレーサーになるまでの半生を綴ったご著書で、「自分が強くあるために、血が滲むまで腕を噛み続けた」と書かれていますね。

常盤「はい。もう亡くなりましたが母親から暴力を受けていたときに、〃弱者である自分〃を認めることがたまらなく嫌でした。肉食獣のような、願わくば誰よりも速く走るチーターのような美しく強い獣になりたかったんです。捕食者として肉を噛み、獣としての血を覚醒させる。また、母から受け継いでしまった血を断ち切りたいという想いもありました」

――お二人に共通するキーワードとして「血」がありそうですが、その辺りはいかがですか？

イレーヌ「あら、今日はそれを話してもよいのですね。血はね――、人によって、濃さも、味も、役割も、まるで違うんですのよ。言っている意味、おわかりになって？」

――すみません。あまりついていけていないかもしれません。

イレーヌ「それも仕方のないことですわ。あなたに限らず男の人って月経も出産もないから、血の繋がりを感じるのは自分の母親くらいかもしれませんね。でもたとえば――日本だと、任侠の世界。互いの腕を切ってその血を啜り合うことで、命を捧げるキョウダイとなった〃約束〃のシーンを古い映画で観たことがあります。血の交換で関係性が変容するのね」

——そうかもしれませんね。わたしはさすがに、他人の血を飲んだことはありませんが。

イレーヌ「まぁ、それは例え話の一つですけれど。でも、もし血液そのものではなくても、あなたがそれを血だと認めるならば、同等の意味を持つのですよ。〝精神的な血〟とでも言うのかしら。ホテルのテレビで拝見しましたが、今話題の研究者の会見——重力子が兵器になる数式を発明してしまったあの方の対応には惚れ惚れしました。彼の発明に反対する息子さんが活動家となって、警察に逮捕されたことに関するものでしたけど。『重力子の数式』と『息子』は、どちらも彼が生み出したもの。そのふたつを並べて、『彼らがあることで起きた罪から目を背けることはできないが、その存在自体はどちらも美しい』と胸を張っていらっしゃいましたね。研究対象に注ぎ込んだ情熱が、いつしか血のようなものに変換され、彼に親としての行動をとらせた。そして、そこで生まれた情が再び息子さんにも注がれたように見えましたわ」

常盤「わかる気がします。わたしも血液のない無機物に、血の繋がりを感じることはあります」

イレーヌ「それはたとえば——、バイクに流れるガソリンのような?」

常盤「まさにそれです。どうしてわかったのですか?」

イレーヌ「うふふ。貴女はレースのインタビューでも、バイクを友人か——それ以上の存在のように呼んでいらしたから。ライドしている姿も、まるで体中を知り尽くしている間柄のようで」

常盤「実は、あまりここで詳しくは言えませんが、ガンマと交流を深める儀式のようなものをするときはあります。ガンマに物質的な意味での血液は流れていませんが、自分の中のものと彼の中のものを交換して、マシンの気持ちを感じたくなるときがあります。まるで人間のセックスのような。本にも書きましたが、自分には〝狂った血〟が流れているのではないかと恐ろしくなるときがあります」
イレーヌ「あら可笑しいわ。人間など、みんな狂っているのではなくて？　長い歴史の中で科学や技術がどんなに進化しても、人の欲望は満ちることを知らない。同類を傷つけ、土を汚す。神に言い訳をする代わりに、罪を分業にして自覚せずにすむシステムを生み出した。それがスタンダードなのだとしたら、むしろ狂っているのは社会のほうだと思わない？　そこから逸脱するのは、あなたが自分の魂に忠実であるという証拠なの。あなたは魅力的よ。今すぐ首筋にむしゃぶりつきたいくらい」

――なんと、再び吸血鬼ですね。あまりに深すぎるお二人の話を前に、司会の立場を忘れて聞き入ってしまいました。そろそろお時間となりますが、イレーヌさんは今月末に、新曲『あなたを満たすもの』を発表されますね。ここに込めた想いなどがあれば、お聞かせ願えますか？
イレーヌ「『あなたを満たすもの』とは、まさに血液であり、その人を突き動かす何かです。獣のような野性でも、溢れんばかりの数式でも、なんでもよいの。大切なのはその血を知り、認め、慈しんでやることです。たとえ〝狂っている〟とされるものでも、流れるものは美しい。そんなあなたの血をいつかわたくしがいただきに参りますわ。だからそれまで――、その血を決して絶やさないで」

――さすがのイレーヌ節をいただいたところで、お別れの時間となりました。『The Music Bar』、本日のゲストは、プロレーサーの常盤ルイさんと、アーティストのイレーヌ・プティさんでした。ありがとうございました。

Everyday is a Winding Road

鳥紅庵

その丘には小さなカフェがあった。

海を見下ろす、いつも風の吹いている丘だ。道路は丘の周りをうねうねと折り返しながら続いて、その向こうには輝く海が見える。

結衣はこのカフェの店長にして店員、調理係にしてパティシエ、そしてバリスタだ。要するに全部一人でやっている。夫は植物学者で、昔、戦争で荒れ果ててしまったY国の植生回復を研究している。もう亡くなった夫の祖父はアメリカ人で、Y国を壊滅させた兵器の基礎理論を発見してしまったという話だった。

「祖父が悪いとは言わないけど、まあ、少しは罪滅ぼしをするのも、孫の役目かもしれないからね」

そう言って夫は笑う。夫の父、つまり結衣の義父は、若い頃は父に反抗し、ずいぶんな抗議活動もしたらしい。だが、それでも「父は嫌いじゃない」と言い切った。素敵なお父様だったのだろう。

閉店の近い夕方となると、お客様は一人だけだ。ときどき電動スクーターでやって来る、お年を召したご婦人だ。ハーブティーを飲みながら、小さくハミングしているのが聞こえる。聞き覚えのある古い曲だが、なんといったかしら。なんとかの口づけ、だっけ？

あのお客様は、このカフェのメニューがいたく気に入ったようだった。名物のハンバーガーが。冬は肉まんも出すと言ったら、おかしそうに吹き出した。そうね、カフェに肉まんはないわ。でもここ、冬は寒いんだもの。

そうこうしているうちに新たなお客様がきた。黒いミニバンが静かなモーターの唸りと共に減速すると、全周カメラと繋がった自動運転システムが効率的で安全な位置に止めてくれる。

降りてきたのは家族づれだった。海にでも行ってきたのだろうか。金髪パーマのお父さん、ふっくらしたお母さん、麦わら帽子の10歳くらいの娘と、２つ３つ年下の弟。子供達はハンバーガーに惹かれたようだったが、母親に「晩御飯食べられなくなるでしょ！」と叱られ、ミックスジュースにした。私は笑って、ジューサーに果物をポイポイと入れ、ぎゅいーんと混ぜる。その様子を、老婦人が妙に懐かしげに見ているのに気づいた。

きっと、自分の素敵な家族を思い出したのだろう。もっとも、いつも一人で、スクーターに乗って来られるけど。そよ風と一緒に走るように、のんびりと。

老婦人はいつものようにチラリと時計を見ると、席を立った。いつものように会釈して、ドアを開け、ゆっくりと階段を降り、バルコニー脇に止めたスクーターにまたがった。メインスイッチを押す前に、ハンドルあたりにソッと触れたのはなぜだろう。まるで長年連れ添った夫の腕を取るように。

その時、ゴッと風が吹いた。つむじ風のように枯葉と草が渦を巻く。途端、バルコニーから「きゃっ」と甲高い声が響いた。家族づれの姉の方が持っていた麦わら帽子が舞い上げられたのだ。帽子は風に乗って高々と飛び、吹き飛ばされた。

「あーーー!!」

「おおっ?」

「わあ!」

家族が口々に声を上げる中、老婦人は何も言わず、ハンドルを握りしめるなり車体を傾けて右足を地面についた。ウィン! とモーター音が高まったと思うと、右足を軸にスピンターン。

信じられないと思うが、見たのだ。おばあさんが、電動スクーターをスピンターンさせる瞬間を。

嘘、と思った次の瞬間、スクーターはもう発進していた。ものすごい速度で道路に飛び出すなり、冗談みたいな角度に車体を傾けて消え去る。ヴィーーーンという電動音がすっ飛んで行くのが聞こえ、あわてて窓から覗くと、折れ曲がった道路をぶっ飛ばして行くスクーターが見えた。見事な体捌きでカーブを次々に曲がりきり、そして、帽子の飛ぶ方に先回り。ふわふわと落ちてきた麦わら帽を、みごと、空中で受け止めた。


老婦人が戻ってきた時は、いつもと変わらぬトコトコ、ゆったりしたペースだった。スクーターを止めると、にっこり笑って女の子に麦わら帽を差し出す。満面の笑みで受け取る少女は、老婦人に飛びつかんばかりだった。

「おばあちゃん、さっきすごかったね!」

少女は興奮した面持ちでいった。

「陽菜もあんな風になりたい!」

「あら、そう?」

老婦人は微笑む。

「そうね、じゃあ、おまじないを教えてあげる」

「おまじない?」

「そう。マシンには魂があるの。だから、どんな方法でもいい。あなたのやり方で、信じていると伝えなさい。そうすれば、どこまでも一緒に走ってくれるから」

「自転車でも?」

「ええ、自転車でも」

「わかった!」


日暮れ後、老婦人はひっそりした自宅兼用のガレージに帰り着くと、声をかけた。

「来ているわね? あのつむじ風は、ラウルの仕業でしょう?」

「ええ」

答えたのは、天使のような若い女だった。若い、と言い切るのはためらわれる不思議な雰囲気を持ってはいたが。それと、足元にうずくまる大きな犬、いや狼の、ラウル。

「そろそろ、その時が来た?」

「まだよ」

若い女は言った。

「だって、これからが面白いんですもの」

「これから？　どういうこと？」

　女は笑った。

「あなたに初めて会った時、その血を決して絶やすなと言ったでしょう。多くの人間は、血筋を絶やさずにいようとするわ。でもあなたはそうじゃない。血を分けた子供は残さない」

「そうね」

　老婦人はそっと、自分の体に手を触れた。その下に手術痕がある。そうでなくても機会はなかったろうが、病気のために、もし望んだとしても、できなくなった。

「でも、あなたの、あなた自身の戦う血は途切れることがなかった。今日だって、文字通り『血が騒いだ』のでしょ？　そして、ガンマの『血』も、そのスクーターにまで流れている。それから、今日、新たな血が繋がったのは、気づいた？」

　老婦人はちょっと考えてから、言った。

「ひょっとして、あの子？」

「そう！」女は楽しそうに笑った。「あの子、あなたに憧れてライダーになるわ。誰かさんみたいに、負けん気で鼻っ柱の強い、小生意気なライダーに」

「ふふふ」老婦人は笑った。

「結局、始まりはいつでも、ハンとニクのところってわけね」

「私はもうしばらくあなたを見ていられそうよ、ルイ。心配しないで、あなたが永遠の命なんか望まないことはわかっているから。でも、あなたの最期の時は、私が看取ってあげる。そして、あなたの血を私の中に残すわ。決して忘れることのないように」

「そう、それが約束だったわね」

老婦人は言った。

「まあ、案外テキトーに作っちゃったものらしいけど、よろしくね。イレーヌ」

自分の命の火はいつか消え、自分の血もこの世から消える。だが、その魂はあの太っちょ天使のところに導かれるのかもしれない。ガンマの魂もそうであったように。願わくば、再びガンマとともに走れますように。ルイはそう祈るとともに、数少ない親友を想った。

ありがとう、イレーヌ。あなたのように永遠を生きるのがどういうことか、私には想像もつかない。それはもはや拷問なのかもしれない。でも、私のことを永遠に覚えていてくれるのね。この、狂った血を愛おしんで。そのこと、心から感謝するわ。

第7章

周波数の森

周波数の森

メイ

11:00 pm.

いつもの時間がはじまる。わたしはふかふかのヘッドフォンで耳をすっぽり覆い、目を閉じる。全神経を集中させてその時を待つ。

来る――。

海中に響き渡るクジラの声。そこに命の息吹のようなビートが微かに刻まれ、次第にクレッシェンドしていく。オーロラを思わせるシンセサイザーと、ピアノの美しいユニゾンが重なった。さらに厚みを増していくハーモニー。

ここで待ち望んだ声、千夏さんの美しいナレーションが、しっかりした足どりで入ってくる。

――心の波動が旋律となって歌い出す
優しく、温かい時が、今ゆっくりと流れはじめる
『HEART BEAT NIGHT』

『HEART BEAT NIGHT』は、わたしが住んでいた街のＦＭ放送局の深夜番組だった。パーソナリティの千夏さんは、地方局の元アナウンサーだったそうだ。ＦＭ放送にありがちな浮ついた話し方で

はなく、背筋がしゃんと伸びるような落ち着いた日本語を話した。少しだけ鼻にかかる千夏さんの声は、耳をくすぐる甘いそよ風のようだった。

ゲストには音楽家だけではなく、映画監督や劇作家、山岳や動植物に造詣の深い人たちが呼ばれ、まだ見ぬ世界を見せてくれた。インストゥルメンタル音楽にナレーションを挟んでいく独特のスタイルは、後にも先にも他になかった。番組自体がまるで一冊の美しい詩集のようだった。

家にいるのが息苦しかったわたしにとって、ラジオは酸素だった。家の中では、毎日のように夫婦喧嘩が勃発する。わたしも怒鳴られる。聞きたくない汚い言葉。

耐えられなくなって両手で耳を塞いだら、母に「なんだその態度は」と腕を引きはがされ、力いっぱい頬を張られた。自分の五感でさえ、自由にならなかった。

視覚もいらない。触覚もいらない。この耳はラジオと――外の世界とだけ繋がっていればいい。

ひとりになりたいが、自分の部屋はない。家族の視線から逃れるようにピアノの影に布団を敷き、膝を抱えてヘッドフォンで耳を包む。夜が更けてクジラの声が聞こえはじめると、わたしの意識はふわりと身体を離れ、宙を浮き、天井を超え、街を見下ろす夜空にポーンと飛び出す。もう誰もわたしの世界を乱すものはない。

やあ、千夏さん、みなさん、こんばんは。

アコースティックギターの和音が、星空を撫でていく。

――大いなる流れの中で、日々繰り返されるできごと

その儚くも揺れ惑う心に、すべてそらさず受け入れたなら
今、この空を超えて君の青。Blue on blue、永遠のとき

お便りのコーナーには、さまざまな人からの声が寄せられた。当時はインターネットもそこまで普及していなかったので、ハガキやファクスだったと思う。前身の番組から足かけ8年ぐらい続いていた番組なので、長いリスナーも多かった。

夜勤の多い看護師さん、長距離トラックの運転手、もう何年目だろうという浪人生、片思い中の高校生、子育て中のお母さんもいた。ラジオネームも「空色のワニ」や「カオスの中の冒険者」みたいに、みんな絵本や物語の主人公のようだった。

「今日雪が降って、庭がとてもきれいでした」

「来週に試験があるので緊張しています」

「大好きな彼に告白しました」

「学校でいじめにあっています」

そんなメッセージに、千夏さんはひとつひとつ真面目に答えた。つくろわずに自分の言葉で。それがたとえクレームや反論であっても。いじめをテーマにした回では、千夏さんは本気で怒って泣いていた。風邪をひいて鼻声になってしまった回では、悔しがってマイクの前で謝りながら泣いていた。

こんなに泣くパーソナリティはきっと前代未聞だ。放送業界の人として推奨される態度ではないのかもしれないが、わたしは嘘のない千夏さんが好きだった。他のリスナーも同じ気持ちだったに違い

ない。放送の翌日には、たくさんの励ましのメッセージや、それについての考察が飛び交った。わたしは一度もハガキを送ったことはなかったが、心の中で対話に混じった。

周波数の森。その少し開けたところで、千夏さんが小さな焚火を燃やしている。ワニやウサギ、冒険者の姿をしたわたしたちは、輪になって集まり、草の上に腰を下ろす。互いに直接話すことはないが、隣に座っている体温を感じ、ここでしか吐き出せない喜怒哀楽のようなものを共有するのだ。

日付をまたぎ、明日が今日になる。千夏さんは、火に照らされたそれぞれの顔を見つめながら、ゆっくりと語りかける。

――巡りゆく時の流れに、はるかな記憶をたどれば響きの宇宙
ゆるやかに、たおやかに、あるがままの心のままに
あなたの海を渡りましょう
今日へと紡ぐはじまりの凪、その静寂の青に寄せて

そのおまじないのような言葉の数々は、今もわたしの中で生きている。わたしはおまじないによって生かされていた。ワニやウサギ、冒険者たちと共に。

周波数の海

鳥紅庵

ＭＯＺＵは海の中にいる。周波数の海の中に。

にもかかわらず、それが何としても聞かなければならなかった信号は、今は届いていない。

ＭＯＺＵは思考の主体として言えばＡＩだった。そして、体としては宇宙機だった。人類が太陽圏を改めて知るために飛ばした多目的探査機だ。宇宙を飛び続けながら、アンテナを広げて電波観測を行い、マルチスペクトラムのカメラで光学観測を行い、さらに宇宙塵、つまり宇宙を飛ぶ細かな星の欠片や星間物質を採取し、最後は地球に帰還してサンプルを投下する。太陽系を間近に見て、聞いて、触って、知る……それがＭＯＺＵに託された夢だった。

ＡＩが搭載されたのは、ミッションの複雑さからだった。地球からの無線操作ではタイムラグが大きすぎる中、「価値あり」と見なした情報やサンプルを、自主的に選んで収集するのだ。そのような自律型探査機のテストケースという意味も、ＭＯＺＵにはあった。

ＭＯＺＵは日本語の「モズ」、鳥から名付けられている。モズは他の鳥の声を覚え、自分のさえずりに混ぜ込むことで有名だ。開発者の一人が日本人でたまたま鳥好きだったため、これを提案したところ、採用されたのだった。旅の間に聞いた声を覚えて戻ってこい、という意味で。

長い旅だった。地球から打ち上げられた後、軌道に乗って機材チェック。それから太陽の引力を使ったスイングバイで加速し、金星、地球、火星、土星の近傍を通る軌道を飛ぶ。そして土星の重力とイオンエンジンによって折り返し、帰路は木星の近くを通り、最後の大きな軌道変更を行って、地球に帰還する予定だった。

ＭＯＺＵは永遠の暗闇のような宇宙空間を飛び続けている。孤独な旅も大半が終わり、予定された情報収拾も順調に終えていた。

極めて興味深い情報もあった。例えば深宇宙から届いた、複数チャンネルの信号らしき電波。まるでＧＰＳ信号のようだったが、出どころは地球ではあり得なかった。帰路、木星に接近したときはさらに不思議な電波に気づいた。木星電波のデカメートル波とは異なる超短波で、意味ありげな周波数変調を伴っていた。何ものかが木星大気中から有意信号を発しているかのようだった。

だが、それらは、無限とも言える時間の中でやっと拾い上げたものだった。正直言えば、ＭＯＺＵが本当に「面白い」と判断した情報は少なかった。途中で面白さのレベルを下げ、なるべく多くの情報を収集するようにしたほどだ。無論、あるがままの太陽系を探るのが彼の任務であり、定常的な情報収集は重要だ。土星近傍で捉えたシューマン共鳴に似た信号などもそうだ。そのような観測が退屈でうんざりする作業だ……とはＭＯＺＵは思わなかったが、人間でいうなら、それはあまりの虚無であり孤独であったろう。

ただひとつ、彼に向けられた声は、常に地球から届くパルス電波だった。双方が受信と同時に返信を繰り返すことで、その遅延時間から距離が、ドップラーシフトから加速度が計測できる。それは、遥かな宇宙を旅する彼に向かって「こちら地球」「帰っておいで」と呼びかける声だった。

それが、聞こえなくなった。

木星をかすめ、あとは地球に向かうだけだったのだが、突如としてパルス電波が切れたのだ。カメラを用い、星空を参照して位置を確認するシステムも搭載していたが、小惑星帯付近で故障し、使用を停止していた。まずいことに、今は大幅な軌道変更中だ。現在位置がわからないままでは予定した軌道を大きく外れ、帰還できなくなる恐れがある。

だが、信号は途切れたままだった。MOZUは自律的に代替となる信号を探し始めた。自分の持つアーカイブと解釈から、地球と関連づけられるものを抽出。入力される信号から「地球っぽい」ものを探す。地球が発する自然電波と、人類が発する有意信号。MOZUはアンテナのゲインを最大に上げ、ノイズだらけの世界に聞き耳を立てた。最初は何もわからなかった。だが、やがてそれが届いた。かすかな、FM変調された有意信号。周波数は79・5MHz。

それがMOZUの注意を引いたのは、データとして持っていた生物の音声パターンに似ていると「直感」したからだ。それはクジラの鳴き声だった。それから周期的なノイズ。彼は知らなかったが、それは惑星表面の液相の水が、風によって振動する際の音だった。続いて、毎秒2回程度の周期的な信号が混じり、その後は複雑な変調を伴う信号が入り始めた。MOZUはその信号を地球由来の有意信号と判断し、発信源に向かうべく航法計算を開始した。人間ならば、「夜の森の中で、焚き火に心惹かれるように」とでも表現しただろう。

その瞬間、7億5000万キロの距離を超えて、MOZUは地球のFMラジオのリスナーの一人だった。入力は約1時間で途絶えたが、その間にMOZUは自らの位置を割り出していた。途絶から

16時間後にはビーコンも復活し、変更後の軌道に間違いがないことが確認できた。無事に軌道修正を終えたMOZUは、遠い遠い道を、地球に向けて帰還し始めた。

MOZUが正常に飛行中であることを知って、管制官は驚愕した。ビーコンの途絶はハリケーンによってディープスペース・ネットワークのアンテナが一基、倒壊したせいだった。アンテナは他にもあったが、もう一基も不運な故障により使えなかったのだ。どうやって方向を定めたのか、それを知るにはMOZUの記録したデータを解析するしかなかった。

だが、解析してもやはり謎だった。MOZUが捉えた79・5MHzのFM信号は、地球の東経140度付近から、午後11時頃に発信されたラジオ電波と考えるのが理屈に合いそうだった。だが、そんなローカル放送が木星まで届くほどの出力を持っているとは思えなかった。復調して聞いてみたある研究者は「日本語かもしれない」と思ったが、よくわからなかった。

まして、数十年も前に放送を終えたはずの電波が、はるかな空間も時間も超えて、宇宙を彷徨う孤独なリスナーのともしびになったのだとは、誰も思いもしなかった。

——心の波動が旋律となって歌い出す
優しく、温かい時が、今ゆっくりと流れはじめる
『HEART BEAT NIGHT』

the voice of your heart

メイ

「ちょっとナミちゃーん、聞いてる？」

デスクに頬杖をついた藤堂さんが、恨めしそうにわたしの顔を覗きこんだ。メガネフレームの一大産地、福井県鯖江の職人にわざわざ加工してもらったという自慢のブルーのメタルフレームをおでこまでずり上げている。白いものが混じった顎髭を指でしきりに弄っているのは、切羽詰まったときの藤堂さんのクセだ。

「さっきから、ぼーっとしちゃってるけど。自分の立場、わかってんのぉ？」

「あ、いや――」わたしは、我に返った。

「もちろんわかってますよぉぉ」

ブラブラと後ろに傾けていた椅子を元に戻し、目の前の〝上司〟に向き直る。

「せっかく呼んでもらったんだから、アイデア出さないとですよね」

そう、今は企画会議の真っ最中だったのだ。とは言っても、参加者はわたしと藤堂さんのたった2人だし、株式会社とはいえ小さな個人事務所のようなものだから、役職なんてあってないようなものだけど。それでも一応、わたしを以前勤めていたデザイン事務所から引き抜いてくれたこの社長は、紛れもなくわたしの上司なのであった。

昨日のネットニュースで見たＭＯＺＵのことを考えていた。

地球からの誘導信号が途絶えたにもかかわらず、日本のＦＭラジオ電波を頼りに見事帰還した宇宙探査機。そのラジオの周波数と受信した時間帯を聞いて、ピンと来た。忘れるはずがない。学生時代、心のよりどころにしていた番組『HEART BEAT NIGHT』だ。ＢＧＭにクジラの声や波の音などの環境音を使っていたので、「ＡＩがそれを地球由来のものとして認識した」というのが今の専門家の見解みたいだ。でも、わたしはそれだけじゃないと思っている。

きっと、どんなリスナーをも受け入れる温かい焚火のような空気が、電波となり、孤独の海を彷徨っていたＭＯＺＵにも届いたのだ。

ねぇ、ＭＯＺＵ。お前にもあの番組のよさがわかったんだよね？　パーソナリティの千夏さんの声は、どんな波の形だった？　わたしは指先で空中に波を描いた。きっとやわらかくて美しいカーブだったに違いない。番組の想い出を媒介に、物言わぬ機械とつながった気がした。

お前のラジオネームは――、そうだ。「宇宙の旅人」ってとこかな。あのときのリスナー「空色のワニ」や「カオスの中の冒険者」みたいにさ。

突然、頭と首が絞めつけられて、グエッと声を漏らす。

藤堂さんがヘッドロックをキメてきたのだ。意外に筋肉質で太い腕。もちろん力加減はしてくれているけど、この感覚は――思い出の扉がまた開こうとする。

しかし、

「プレゼンは来週なんだからね！　先方をアッと言わせるような新商品、頼んだわよ！」

藤堂さんの容赦ない締め切り宣告が、意識を現実に引き戻した。


今、わたしは玩具の企画開発の仕事をしている。

行きつけの居酒屋で知り合った藤堂さんとは、かれこれ6年以上の付き合いだ。当時わたしは、その日暮らしのフリーターだった。一人カウンターの隅で酎ハイを飲んでいたわたしに、「ここのアジフライはもう食べた？　美味しいのよ」と、藤堂さんが声をかけてくれたのが始まりだったっけ。

「あの人、おもちゃ業界では名の知れた人なんだよ」とマスターが小声で教えてくれて、彼が手がけたという商品の名前を口にした。大人のわたしでさえも知っているヒット商品だった。

しかし藤堂さんは、権力をかさに着ることのない気さくな人だった。わたしたちはすぐに意気投合して、店で顔を合わせれば、冗談を言って話しこむ間柄になった。

ある日、わたしがバイトを辞めたいとこぼすと、「あんたの空想癖は面白い。どうせ遊ぶなら大きいフィールドでやんなさいよ」と、ビジネスパートナーとして自分の事務所に呼んでくれたのだ。しかも、事務所のあるマンションの一室を居住スペースとしても提供してくれるという超好待遇で。

わたしは、うれしかった。

やりがいのありそうな仕事につける期待感もあったが、藤堂さんに自分の父の姿を重ねていたこともある。パパが手に入る、そう思った。

子どものころから、父には甘えた記憶がない。母は極度のやきもち焼きで、家庭において自分が一番の「姫」であろうとしたからだ。父が彼女より娘であるわたしをかばおうとするのが許せなかったのだろう。夫婦喧嘩のきっかけは、主にわたしだった。自分は空気を汚す毒だと思っていた。

そんなときに千夏さんのラジオは毒を中和してくれたのだ。

しかし、二十歳のときに番組が打ち切りになり、毒は急速にあふれ出した。二十四歳、逃げるようにして実家を出た。藤堂さんの白髪交じりの顎髭や服のセンスは、カメラマンをしていた父によく似ていた。ファザコンと言われればそうかもしれない。

藤堂さんは独身だ。そして、恋人もまた男性である。

母性の強い藤堂さんは、わたしのパパでもありママでもあったのだ。

藤堂さんが可愛がってくれるのをいいことに、わたしはどっぷり甘えていた。しかし、そんな蜜月が長く続くわけがない。先月、藤堂さんは「法的に婚姻関係が認められるS区に引っ越せるのよ」と、彼氏と一緒に暮らすための新居を決めてきた。ここには事務所の機能だけ残すらしい。


すっかり暗くなったマンションで、灯りもつけずに、どっかりとソファに倒れ込んだ。シャワーあがりでまだ髪が濡れたままだが、気にせず缶ビールのプルトップを開ける。

先ほど藤堂さんは、「ごめん！　これから彼とディナーなの。後はよろしくね！」と両手を拝むように合わせると、いそいそ出かけてしまった。きっと今夜は帰って来ないだろう。

「藤堂さんの言葉に甘えて、今まで居候してたけど。さすがにもう出て行かないと……か」

ビールを一気にあおった。寂しいけれど、一人の生活は慣れている。またそこに戻るだけだ。

大好きな藤堂さんに報いたいなら、企画を考えるのだ。今できることはそれしかない。

近年、玩具業界は業績を伸ばしているが、主力は家庭用ゲーム機やアニメ関連グッズ。藤堂さんの得意とするいわゆる「普通のおもちゃ」はそれに劣る。そんな中で台頭してきたのが、文科省が推し進める能動的な学び「アクティブラーニング」や「プログラミング教育」用の玩具である。

新商品なら、そちらに寄せればまず売れるだろう。しかし、教育めいた玩具には抵抗があった。大人や社会の望む方向に、子どもを誘導するようなことは極力したくない。せめて遊びの世界ぐらい、自由であってほしい。暴力でわたしを制圧する母の姿が、脳裏に浮かぶ。

そんな邪念のせいか、事務所に入ってからも企画の出来はイマイチだった。

「ごめんね、藤堂さん。せっかく誘ってくれたのに……」

とにかく謝るしかなかった。しかし、藤堂さんは決まってこうハッパをかけてくれるのだった。

「ナミちゃーん、こむずかしく考えないの！　まずは自分が子どものときに『面白い』って感じてたこととか、『こうなってほしい』って思ってたことを形にしてみて。個人的な欲望を突き詰めたところに、真のヒットはあるんだから」


2本目のビールを開けようとして、手を止める。

そうだな、子どものころのわたしなら、MOZUと話してみたいと思うだろう。同じラジオ番組に心を惹かれた同士として。誰にも言えない孤独を共有できる友だちとして。対等に。

「対等――」

口の中で呟いてみる。対等って、よく考えると実はむずかしい。たとえば、従来のペット型ロボットのように「人間の言葉をわからせる、しつける」関係性では対等とは言えないだろう。ロボットを「わからないもの、未知のもの」として正面から受け止め、こちらから彼らの世界に分け入っていくようなおもちゃはつくれないだろうか。

機械が「素のままの自分」として話すとしたら、どんな言葉なんだろう？

スマホの電話帳を開いて、大学時代の友人ハヤカワの番号を出した。

奴は、ロボットや戦闘機好きのかなりのオタクだ。パソコンも自作するし、「飛ぶものは全部カッコいい」という理由で、鳥や昆虫の研究者とたまに情報交換もしているらしい。

電話をかけると2コールもしないうちに、「はいよ」と声が返ってきた。

「おーす、ハヤカワ。今、平気？」

ボリボリとした音がオーバーラップしている。きっとポテトチップでも食べているのだろう。

「問題ないよ。前弩級艦のラダーの写真を見比べてたとこだけど」

ゼンドキュウ？　ラ、ラダー？　わたしが質問するよりも早く、ラダーとは船の舵であることを説明し始めたハヤカワだったが――、せっかくの熱狂に水を差すようで申し訳なく思いながらカットインする。

「ご、ごめん！　今日はどうしても聞きたいことがあって」

「うん、何？」

頭の切り替えの早いところは、ハヤカワの長所だ。

「今、ロボットと対等に会話できるオモチャの企画考えてるんだけど――。ロボットって、たとえばPepperとかSiriって人間の言葉を話すでしょ？　でもさ、『人間の言葉じゃなくて、生まれたままの機械語でしゃべりたい』ってことないのかな？」

「あれは、英語や日本語で出力する機能が設定されてるから、負担はないんじゃいの？」

間髪入れずに、答えが返ってきた。

「じゃー機械には、原始の言葉はないのかね。ちょっとかわいそう……」

彼らが借り物の言葉しか持たないことに、わたしは少し同情した。ハヤカワは雰囲気を察したのか、

「まぁ、まったくないわけじゃないけどね」とフォローする。

「機械も、意思的なものの伝達はしていると思うよ。擬人的な表現になるけど」

「へぇ、それは言葉なの？」

「言葉じゃなくて、たとえば部品の配置かなぁ。リンクとかカムとか、機械的な作動なら組み合わせ見てだいたいわかるんだよ。知り合いの開発者がメカの話をしてたときも、『これ、絶対〇〇したがってる構造ですよね』とか言ってたし」

そうか、機械は部品の配置に意思が表明されているのか。それは空へ向けた人文字のようなものかもしれない。目の前に、光が差したような気がした。

「人間でも機械の意思を受け取れるんだね。それをオモチャにして、子どもが直感的に機械とコミュニケーションできるようにできるかな？」

「んーーー、そーすっと、何か向こうから出力してくれた方がいいかなぁ……」

ハヤカワは少し考えているようだ。きっとその頭の中では、脳内スパコンがピコピコとフル稼働しているのだろう。

「そういえば、機械というより生物学の話題かもしれないけど、生き物の中には、人間に理解できない信号を出してたりするヤツもいるよね」

「信号って、さえずりとか、振動とか？」

「そう、たとえばネズミの音声信号って、わりと超音波が多いんだよね。だから、そもそも人間には聞こえない」

「あと、同じ人間同士でも泣いている赤ちゃんの気持ち理解できなかったりするよね。音としては聞こえるけど、どうしてほしいのかわからなくて慌てちゃったり——」

と言って、あっと気づいた。

「でもさ、子ども産んだ友だちに聞いたけど、他人にはわからなくても、お母さんにはそれが『おむつ』なのか『お腹空いた』なのか『甘えてるだけ』なのか、なんとなくわかるんだって」

「それはあるかもしれない。鳥の警戒声でも、シジュウカラの親が発する『ヘビが来た！』と『カラスが来た！』は、他種である人間が聞いても違いがわかるらしいんだ」

「へぇー。その声の意味は、どうやって調べるの？」

「んとね。知り合いの研究者が言うには、親にヘビを見せたりカラスを見せたりして、その鳴き声を再生した時のヒナの反応を比較したらしい。具体的には、敵によって逃げ方が違うらしいんだ。それでシジュウカラの親が『何を伝えたかったのか』を確かめたんだって」

これはイケる！　わたしは確信した。

まずは、機械が発する「よくわからない信号」を人間が受け止め、意図を想像する。そして答え合わせのように、機械に物を見せたり音を聞かせたりして、その反応からはじめて「彼らの願い」を知るのだ。なんてワクワクするプロセスだろう。

「ありがとう、助かったよ」

わたしはハヤカワにお礼を言って、早々に電話を切った。


すっかりぬるくなった未開封の缶ビールを、冷蔵庫から新しいものに変えてくる。

新しいおもちゃ。たとえば――、こんなのはどうだろう。

コピー機から真っ白な用紙を数枚抜き取り、ペンを走らせた。ＭＯＺＵ、いや違う。書き直して。

「ＺＥＲＯＭＯＳ」

子どもたちとロボットがはじめて出会うことを意味する「ＺＥＲＯ」とＭＯＺＵへのオマージュを込めてみた。

体は――片手に収まるくらいの卵のような球体がいい。思考の主体はＡＩプログラムだ。プログラムのパターンにはいくつかの種類があり、初期設定として別々の「望み」が埋め込まれている。その望みがなんであるかは、ユーザーには明かされない。

あるタイプは太陽を望み、あるタイプは海を望み、蝶や恐竜、飛行機などを望むモノもいる――というのはどうだろうか？　お母さんや友だちを欲しがるのもありだろう。

ＺＥＲＯＭＯＳは「望み」を伝えるために、内蔵されたカメラで勝手に写真を撮る。それは彼ら自身のタイミングで撮影され、一見ランダムに見える。人間の美的センスからはあえて外しているので、構図もピントもむちゃくちゃだ。赤ちゃんや動物が偶然シャッターに触れてしまったように、何を撮ったのか分からないときもある。持ち主である、子ども自身の顔のときもあるかもしれない。

しかし、子どもたちはそのむちゃくちゃな写真を頼りに、ＺＥＲＯＭＯＳが何を求めているのかを探っていくのだ。

また、ＺＥＲＯＭＯＳは人間の言葉を話さないが、ディスプレイに波形を表示することもある。それはクジラの声を示す形だったり、光のスペクトルのときもある。まるで喜怒哀楽のように色が変わるときもある。

これもＺＥＲＯＭＯＳの望みに通じる道だ。ただし波形は解読が難しいので、希望者にはある程度の識別が可能になるようなアプリが使えるようにしよう。わたしたちはＺＥＲＯＭＯＳが表現する画像と波の形だけで「対話」を進めていくのだ。

Let me hear the voice of your heart.

子どもたちは、日常生活の中でＺＥＲＯＭＯＳの望みを一緒に見つける〝旅〟に出る。

その望みがわかったときはどうしよう？　そうだ。特製のサイトに望みを打ち込むとＺＥＲＯＭＯＳからその子どもへのメッセージムービーが流れるとか。子どもと一緒に見てきた風景、かけてもらった言葉。まるで出会った相手の声を忘れないモズのように。

ゴールでは特別に、ZEROMOSはヒトの言葉を発するのだ。世界にひとつだけの長い「ありがとう」を。


夢中で企画書を作っていた。

気が付けば、窓の外は白々と明るくなっていて、スズメやカラスが鳴き始めている。

「で、できた……」

わたしはそのままソファで気を失った。


お昼前、やっと帰ってきた藤堂さんをつかまえてZEROMOSについて熱弁すると、「実現できるかわかんないけど、なんか面白いじゃない」と言って、わたしの頭をくしゃっとさせた。ちょっと何それ、お父さんみたいな反応。わたしは、髪の毛を整えながらぷうっと口を尖らせた。

「ちょっとー、わたしもういい年なんですから」

「ナミちゃんがね、子どもみたいな顔で一生懸命話してたから。ついね」

藤堂さんはくすりと笑った後で、ちょっと不思議そうな顔をした。

「それにしても、機械自身の言語にあわせるなんて、よく考えたわね」

わたしは、伝わるかな――とちょっとためらってから答えた。

学生時代、家族には本音を話せなかったこと。ラジオだけが、わたしの理解者だったこと。

そういう人たちが、ラジオの周りにはたくさんいたこと。

孤独だったMOZUも、きっと誰かと話したかっただろうと想像したこと。

「誰にでも、その人なりの言葉があるんです。それが無視されて捨てられるって、すごく悲しいんですよ。だからわたしは『知ってるよ』って言ってあげたい。例えそれが、理解できない機械語でも。まずは『とにかく拾ってみよう』と思える世の中になれば、世界はもっと優しくなると思うんです」

本心だった。

でも、柄にもなく夢物語を語ってしまったことに居心地が悪くなって、うつむく。

藤堂さん、「何それ」とか言って笑い飛ばしちゃってよ。


しかし、そのとき。

藤堂さんは、天を仰ぐようにして呟いた。

「――心の波動が旋律となって歌い出す
優しく、温かい時が、今ゆっくりと流れはじめる」

何百回聞いたか知れない、千夏さんのナレーションだ。

わたしは目玉が飛び出そうになった。

「え、もしかして藤堂さんも⁉　だって、これはあの、あの――!」

「言わなかったたっけ？　あたし、あの番組のヘビーリスナーだったの。『空色のワニ』って覚えてない？」

「えーー、なんで黙ってたんですか？　人が悪いですよーー!!」

藤堂さんは、真顔になって言った。

「あたし、男の人が好きなんだって気づくのだいぶ遅くてね。社会人になってからだった。苦しくて、はじめてハガキを出してみたの」

わたしは、黙って続きを待つ。

「千夏さんはただそれを音読して、『気持ちを完全に理解することはできないけれど』と言いつつ、感想を返してくれた。当事者からしたら正直的外れなところもあったけど、真剣な波長に対して、真剣な波長が返ってきた。それがうれしかったの。小さな世界で、誰も味方なんていないと思っていたからね」

そして再び、わたしの頭を撫でる。

「ナミちゃんもまた、誰かの味方になりたいんじゃないかしら？　ZEROMOSを使って。あのとき泣いてた自分みたいな人のために」

なんだよ急に。

もうすぐ離れて暮らさなきゃいけないっていうのに、これ以上わたしの心に入り込まれたら、別れがツラくなるじゃないか。

だから涙目のまま、藤堂さんの脇腹を小突いてわざと明るく言ってやった。

「今までそんな話、したことないじゃないですかー。もしかしてあれっ、これからバラバラに暮らすから、餞別がわりに話してくれたとか？」

「別に、そんなんじゃないわよ」

「大丈夫ですよー。一人でも余裕でやっていけますって」

おどけた顔をして、舌を出した。ダメだ、涙がこぼれる。わたしは藤堂さんに見られないように後ろを向いた。

直後――。

頭と首が絞めつけられて、グエッと声を漏らす。

藤堂さんのヘッドロックだった。

そうだ、この感覚は――小さいころに父がプロレスごっこで遊んでくれたんだった。なんで今さら思い出すんだろう。わたし、いつかは実家に戻れるんだろうか。

技を解くと、藤堂さんは笑った。

「強がるのは、やめなさーい。ナミちゃんが寂しがり屋なことぐらい、お見通しなんだから」

それに、と言って、なぜかはにかんだ。

「新しいあたしン家にも、〝帰って〟きたらいいじゃない？」

わたしは耳を疑った。

「え⁉ 何ですかソレ、そんなことできないですよ。家族でもないのに」

「家族みたいなもんよ。ほら、あたしとあの人の間には子どもなんてできないんだから。娘みたいな存在が一人くらいいてもいいんじゃない？」

わたしは泣いた。もう顔を隠すことはしなかった。

2年後——、ZEROMOSは爆発的なヒットを飛ばした。

そして藤堂さんの新居には、わたし専用の小さな部屋ができた。「こうでもしないとナミちゃん遠慮して帰ってこないでしょ？　大丈夫、お金だけはあるの」と、いたずらっぽくウインクする。もちろん彼氏さんも公認だ。

でも、わたしはまだ一度も泊まったことがない。

嫌なわけじゃない。むしろ、とてもうれしい。彼氏さんと藤堂さんの間にどう入っていいのか分からないだけだ。いつか全力で二人の気持ちを受け取れるようになれたらいいと思う。

だから今は、家族の練習中。

トレーニングがわりに、わたしは藤堂さん家の玄関では必ずこう呟くにしている。

——ただいま、と。

第8章
秘密基地へようこそ

秘密基地へようこそ

メイ

今思えば、シーちゃんは「押し入れに住んでいた」と言うべきだったのかもしれない。シーちゃんは、いつも野良猫のような眼をしていた。たとえば、相手を品定めするように、顎をしゃくって上から見下ろすようなポーズをよくとった。そうやって、相手が自分にとって敵か味方か、あるいは子分にできる存在かを見極めるのだ。お菓子をくれる相手なら、「うぇーい」という歓声とともにもぎとっていった。ランドセルにつめこんで家に持ち帰ることもあった。

シーちゃんとわたしは、同じ団地に家があった。幼稚園のクラスが一緒で、小学校も一緒だった。違うのは、わたしは学校が終わるとまっすぐ家に帰るけど、シーちゃんは「がくどう」と呼ばれる校庭の隅に建てられた小屋に寄ってから帰ることだった。シーちゃんはいつも日に焼けていて、逆上がりが得意で、筆箱の扱いが乱暴だった。でも、いつかおとなになってちゃんとお化粧をすれば、きれいな女の人になるんじゃないかと思う。切れ長の眼がおとなみたいだった。

シーちゃんがボス猫なら、わたしは自分の縄張りも持てない弱い猫だった。

シーちゃんは、わたしにときどき命令を下し、守らせようとした。物置の前でランドセルを見張っていろとか、わたしが大事にしていた魔法少女のコンパクトをよこせなどと要求し、「従わないとひどいことするよ」と足を蹴るマネをした。わたしは身がすくみ、断ることができなかった。

怖かったけど、仕方がないのだ。弱い動物からは、きっと弱い匂いが出ていて、それを嗅ぐと誰もがわたしをいじめたくなるのだ。ママがわたしをぶつのも、特殊学級に通うミノリちゃんが砂を投げてくるのも、いつも意味不明の発言ばっかりで人と目を合わせないキバくんが、「死ね」と小声で言い続けてくるのも、ぜんぶ「弱い匂い」のせいなのだ。

弱い匂いは、教室にいるときは出ていないみたいだった。テストの成績はクラスで一番だったし、作文や絵を描けばコンクールで選ばれた。歴代の担任の先生は、わたしを「すなおでいい子」と可愛がってくれた。

でも、放課後になれば、じわじわと弱い匂いがにじみ出す。通学路で、公園で、近所のスーパーの影で、わたしはこっそりいじめられた。不思議だったのは、わたしをいじめる子たちは教室の中ではおとなしかったり、クラスの子から避けられたりしていることだった。この弱い匂いを吸うと、彼らは変わってしまうのかもしれない。やっぱり、すべては自分の匂いのせいなのだ。

小学校3年生。クリスマスの少し前、シーちゃんはわたしに「今日はウチに来るように」と命じた。何やらパーティーに備えて、クッキーを焼く必要があるらしい。わたしはクッキーのつくり方を知らなかったので、役に立てないと言った。シーちゃんは無視して、「それでも来るように」と言った。

シーちゃんの家とわたしの家。部屋の間取りは同じなはずだけど、ウチのようでウチじゃない。ウチのドアとは違う色のドアをギーッと開けると、薄暗くて「よその匂い」がした。赤い色が好きだったわたしの母は、家中を真っ赤なキルティングで飾っていた。しかし、シーちゃんの家に飾りはなく、雑誌や洗剤の箱などがただ積んであったり、お酒の缶が転がっていたりした。

玄関で靴を脱ぎ、台所ごしに居間を覗くと、大きなトドのような土気色のおじさんが居間を占領するように寝そべっていた。

「ちっ、今日もあいつがいるのかよ」

シーちゃんは、おじさんには聞こえないように憎々しげに舌打ちをした。禿げ頭で、よれて変な色のポロシャツを着ていたおじさんは、シーちゃんの存在など気にもしていないようにテレビから目を離さなかった。「おかえり」はおろか、音という音を何一つ発しなかった。

なんだろう、この、胸に、ぽっかり穴の開くような感じは。

シーちゃんは「あいつママの恋人なんだよね」と再び小声で言ってから、クッキーのタネが入ったボールを泡だて器でつまらなそうに数回かきまぜた。わたしは何をしたらいいのだろう。心の中でおろおろしていると、「もういい、行こ」とシーちゃんは2つしかない部屋のもう1つへ入っていった。

シーちゃんが一緒にクッキーをつくりたかった人は、おじさんでもわたしでもなく、他にいるのだと、その後に続きながらぼんやり思った。シーちゃんは、「ママは普段料理をしないけど、本当はすごく上手なんだ」というようなことを説明した。

もう1つの部屋——四畳半の畳の部屋に、おもしろそうなものは何もなかった。ここで何をして遊ぶというのだろう。そんなわたしの落胆に気づいたのか、シーちゃんはふいにこちらを振りかえると、顎をしゃくってニヤリと笑った。そして、もったいぶったように間を置いてから、押し入れのふすまをスラリと開けた。

「わぁ！」

わたしは思わず声を上げた。押し入れの中は、秘密基地だった。上の段には、かわいい水玉模様の布団が敷いてあり、コンセントから引っ張ってきたコードの先には、傘のついた電気スタンド。スイッチを入れると、押し入れの中にだいだい色の温かい光が広がった。

「これ」とシーちゃんがペロリと布団をめくると、下には当時女の子の間で流行っていた人気コミックが、ぎっしり地層のように敷き詰められていた。シーちゃんは、この漫画の上で寝ているのである。なんて贅沢なんだろう。壁にはアイドルの写真が貼ってあったり、シーちゃんが「がくどう」でコツコツつくったという小さなフェルトのマスコットたちがぶら下がっていた。夢の世界だった。

我慢できずに「入っていい？」と聞く。シーちゃんは「いいよ」と悠々とした身のこなしで段に上がり、端に座って客人のスペースを残してくれた。わたしもよろよろと後に続き、その隣に体操座りをする。シーちゃんがそっとふすまを閉めると、すてきな洞穴のような雰囲気になった。

ここには、楽しいものしかない。ほっぽりなげたクッキーのタネも、トドのおじさんも、すべてが遠い世界のできごとのように思えた。シーちゃんとわたしは、顔を見合わせて笑った。何がおかしかったのかわからない。でも、あんなに爽快で幸せな気持ちになったのは、後にも先にもそんなになかった。

シーちゃんとわたしは、そのまま夕方遅くなるまで漫画を読み続けた。

路地裏の不動産屋に行ってごらん

鳥紅庵

はい、いらっしゃい。どんなお部屋をお探しで？

え？　違う？

ほう、取材ですか。どなたに聞いて来られました？

――ああ、あの方。はい、なら結構ですよ。

＊＊＊＊＊取材メモ＊＊＊＊＊

猫田不動産は、駅前の混み合った商店街の路地裏にある。

店に入ると古びたカウンター、埃をかぶった、不動産仲介業の証明書を収めた額。八角形の文字盤がついた柱時計。壁に貼られた物件情報。机にはファイルが積み上がっている。

主人は茶色いベストに今時珍しいアームカバーをつけ、丸い鉄縁メガネの男だ。目を細めていると、太った猫のようにも見える。実際、名前も猫田努だ。

ガラガラと音を立てて扉があき、客がやって来た。ふむ、と猫田は顔を上げる前に考える。長年この仕事をしていると、扉の開け方でなんとなく客のことがわかるものだ。猫田は客の顔を一瞥し、勘が当たったな、と思いながら、万年筆で手元のメモ帳に「野良猫」と書きつけた。

いらっしゃいませ。どういうお部屋をお探しで？

ほうほう、一人暮らしがしたい。ご家族は？

ああ、なるほど。お友達の姫ちゃんね。エリカと、ポコ太も。光希ちゃんと遊君。それから？　未央と一哉、それから……はい、だいたいわかりました。ずいぶん大勢ですな。

間取りはご希望ありますか？　うん、静かで集中できるところ。ああ、なるほど。読書がお好きなのですね。よろしいですよ。

あとはどうしましょう。え、クッキーですか。はあ、本物の、食べられる、甘いクッキー。うーん、台所付きの物件となると、ちょっと難しいですかな。水回りの増設は大変でしてね。

だったらお前が作れ？　そりゃできません。ウチは不動産屋ですから。おっと、物差しで叩くのはナシですよ。ウチはあなたのご希望になるべく添える物件をご紹介するだけです。癇癪を起こしてもダメです。え？　お前もどうせ何もくれないのか？

馬鹿言っちゃいけません。自慢じゃないがこの猫田不動産、この仕事をして随分長いですがね、お客さんにはご満足頂いていると自負しておりますよ。よろしいですか？　私はあなたと、対等に取引をするだけです。召使いじゃありません。敵でもありませんがね。そこのとこ、お忘れなく。

はい、ではお話の続きを。

……なるほど。ご要望はわかりました。となると、この物件では手狭だな。これもよくない。これは全然ダメだな。これは……ああ、読書ができないか。おっと、これはどうだ。

ありましたよ。これはいかがです？　収納バッチリ、問題ありません。ちょっとこの辺はご自分で整えていただかなきゃいけませんがね。何、それも楽しみのうちってもんです。読書灯はこれでイケますよ。ここからコンセントを取って頂ければ、手元を照らせます。寝るときもこれで大丈夫。引き戸を閉めちまえば個室になりますな。

なあに、皆さん、いろんな秘密基地をお持ちですよ。ほら、この先の公園ね。あそこの滑り台の下も、ウチが仲介しました。神社の裏もいい物件だったんですが、あそこは取り壊しちまいましたかな。団地にも、いろいろありますよ。どうしても場所がなくて電子ピアノの横ってのもありましたが。あれはちょっと、機会があれば住み替えの物件をご紹介したいと思ってるんですがね。


……はい、ではこの物件ということで。団地の押入れの中、少女漫画を積み上げた上に布団と読書灯。私が言うのもなんですがね、これはなかなか、いい物件だと思いますよ。秘密基地ってのはこうでなくちゃね。

それに――ここならお友達も呼べますよ。いえ、布団の下の、漫画の中のお友達じゃなく。まあ、たまには学校のお友達を呼んで、一緒に漫画を読むのも、いいんじゃないかと思いますよ。

ええ、気が向いたら、そのうち、ね。


はい、ご契約、ありがとうございました。お代は、そうですね。クッキーが焼けたらいただくことにしましょう。

では、よい隠れ家を。また何かございましたら、こちらをお訪ねください。

……まあ、その時は、今日お会いしたことはお忘れになっている筈ですがね。

＊＊＊＊＊＊＊＊＊＊＊

この店に来るのは、自分の居場所を切実に求めている人たちだ。猫田氏は客たちに、逃げ場を仲介する。本人は自分で見つけたと思っているはずだが、実のところ、彼がこっそりと、物件を紹介しているのだという。「そりゃあ、癖のあるお客さんばっかりですがね」と猫田氏は苦笑した。

この店は、駅前の混み合った商店街の路地裏にある。だが、その場所を記すことはできない。例え書いてもたどり着けないだろう。

だが、この店には誰もがやって来られる。その必要があるならば。私自身も、おそらくこの不動産屋で物件を紹介してもらったことがある。あれは学校の裏手の、用具倉庫の陰だった。

私は取材を終えて外に出た後、写真を撮ろうと振り向いた。だが、猫田不動産は、消え失せていた。

煙草屋のおばあさんに訪ねたが、この辺りに不動産屋などないとのことだった。

やはりな、と思いながらハイライトを買うと、カウンターにいた猫が大きな欠伸をした。

この取材メモも、社に帰ればきっと、ただの白紙に戻っているだろう。

金ぴかステッカー

メイ

そのステッカーは、気づいたときにはすでに貼られていた。

ウチにある電子ピアノの足の部分、ちょうど影になって目立たないところだ。お菓子のおまけのシールみたいな大きさで、真四角。太った丸縁メガネのネコの絵が描いてある。いっちょまえにアームカバーをして、まるで事務員のようだ。それが満面の笑みでこっちを向いている。

頭の上には、子どもが手で書いたようなたどたどしい文字。「グックソ」という言葉が何を示していたかは不明だ。ステッカーの表面には金色のホログラムのような加工がされていて、いろいろヘンテコなのにどこか誇らしげだった。でもきっと古い。表面は擦り切れていて、禿げている場所もところどころにあった。

この顔、どこかで見たことがある。でも、何のキャラクターだろう。水道屋さんが、宣伝でポストに入れていくマグネットのようなものだろうか。考えても答えは出なかった。

「ねぇ、なんでここにシールが貼ってあるの?」

小学生のころ、母に尋ねようとしたことがある。でも、わたしが貼ったと勘違いされて怒られたらイヤだなと思って、やめた。母は一度怒ると手の付けられない人だった。

芋ずる式、というのはこういう現象を指すのか。一枚見つけると、他の場所にも同じようなステッカーがあることに気づくようになった。わたしが普段引きこもっていた家のトイレや、バス停の脇の電話ボックス、学校の音楽室、同じ団地に住んでいたシーちゃんの家の押し入れにも貼ってあった。シーちゃんに「それどこで買ったの?」と聞いても、「別に」と口ごもって教えてくれなかったけど。

わたしと同じように、ステッカーの正体を嗅ぎまわっていた子がいた。ミノリちゃんだ。

ミノリちゃんは特殊学級に通っていた。母が言うには「心臓に穴が開いていて、頭の発達が他の子より遅い」ということだったが、ミノリちゃんはそんなことを感じさせないぐらい常に強気だった。巻き舌でバカ野郎! と叫び、砂を投げてくる。

ある夏休みの午前中、公園の4人乗りブランコの支柱に誰かしがみついているなと思ったら、彼女だった。ぶつぶつ何かを呟きながら、爪でステッカーを剥がそうとしている。

「それ、わたしもやってみたけど全然剥がれないよ?」

わたしは傍に行って教えてあげた。でもミノリちゃんにはわたしの声は聞こえないようだった。

日が傾いて、ヒグラシの鳴くころ。まだブランコにミノリちゃんは、いた。

「とれたー!」

ぴょこぴょこと飛び上がって歓声を上げたその指先には、あの猫のステッカーが輝いていた。すごい! 裏側はどうなっているのだろう。近づこうとすると、ミノリちゃんは「ダメ、あげない!!」と叫び、わたしを突き飛ばして風のように走り去ってしまったのだった。

あれから10年。人に言えることや言えないことをいくつも経験して、わたしは大学生になった。そしてステッカーのことはすっかり忘れていた。

しかし、二十歳を過ぎたころ、わたしは再びそれに出会ったのだ。

あの日、わたしは生まれてはじめて、暴力沙汰を起こした。いや、正確には、未遂というべきか。

居間で母と口論になった。母には物心ついたころからわだかまりがあった。それが一気に噴き出した。その様子を父と弟は、どうすることもできずに黙って見ていた。

「昔みたいに、わたしを殴って水に沈めればいいじゃない！」

父と弟が凍り付く。二人の顔には「知らなかった」というような表情が張り付いていた。もう、終わりだ。わたしは正気を失い、目に入った母のファッション雑誌をびりびりに引き裂いた。近くに包丁があれば、もしかしたら刺していたかもしれない。いや、頭の中ではとっくに刺していた。わたしは、人を殺してしまうかもしれない二つの手を恐ろしく思った。

外からは仲睦まじく平和に見える家族にも、ドロドロの闇はある。それを白昼の下に晒してしまったという罪悪感も襲ってきた。明日からは、もう今までのような暮らしは送れないだろう。

気が付けば、家から飛び出していた。無我夢中で自転車のペダルをこぎ、とにかく遠くへ逃げた。

結局たどり着いたのは、いつも使っているモノレールの駅だった。

暗がりの公園、家路に急ぐ人々。

財布を忘れたから、その先に行くこともできない。わたしは逃げることさえ中途半端な自分を呪った。とはいえ、あの家に戻ることはできない。お金もない。頼る人もいない。公園のすべり台に上り、闇に滑り込んでくるモノレールの光をただ目で追うしかなかった。

何本目のモノレールを見送ったときだろうか。ふだんは真っ暗な高架下にある駐車場の奥が、ぼんやりと明るいことに気づいたのだ。

あんなところに街灯なんてあったっけ？

目を凝らすと浮かび上がってきたのは、2階部分だけがレンガづくりの古めかしい木造商店だった。

あっ――。わたしは口を押えた。看板には、見覚えのある丸縁メガネの太ったネコ。そして、あの謎の文字「グックソ」だ。すべり台を降り、吸い寄せられるようにふらふらと歩きだす。店の前まで来るとクルリと看板が反転して、解読可能な文字が現れた。

「猫田不動産」

思い出した。わたしは昔、ここへ来たことがある。

格子状にすりガラスの入った木戸の引き手に指をかけて、中を伺うようにそおっと戸を開けた。机ではアームカバーをつけたネコ――、ではなく太ったおじさんが黙々と書類をめくっては、その一枚一枚に目を通していた。顔は、見なくてもわかる。

「お久しぶりですね。そろそろ来るころだと思っていましたよ」

おじさんは、事務作業を続けながら言った。

「新しい居場所をお探しですね？」

懐かしい声。わたしは床に膝をつくと、その場に泣き崩れた。

ちょうどそのころ。街中に貼られたステッカーが、瞬く星座のように点滅をはじめた。

猫田不動産の奥にある作業部屋では、一人の熱心な職員が仕事を終え、熱いコーヒーを飲もうとしているところだった。

彼女もかつては、ここで物件——逃げ場を紹介してもらった客の一人だ。先天性心疾患に関連した発達障害があり、子どものころはそのせいで嫌な誤解や差別を受けてきた。

悲しみや怒りをどう表現していいのか、あのころの彼女は知らなかった。バカ野郎！　と叫び、自分よりもっと弱そうな相手を攻撃することで、かろうじて自分を保っていたのかもしれない。

でも、今はこの場所がある。

たくさんの工具が散らばっている作業机を、彼女は満足そうに眺めた。この机で毎日、心を込めてステッカーに文字を刻んでいる。書ける言葉はカタカナしかない。しかもあまり上手ではないけれど、居場所が必要な人にこれが届きますように。

その文字は「グックソ」のときも「ブッケン」のときもあった。

コータと秘密の暗号

鳥紅庵

「なんだこりゃ」

それは、電柱に貼ってあった謎のシールだった。ビックリマンシールかと思ったら全然違って、変な猫の絵が描いてあった。そして、謎の暗号も。コータは顔を横にしたり斜めにしたりして、そのシールを眺めたが、どうしても読めない。

コータはちょっと、ズレている子だった。自分ではそんなつもりは全くないのだが、なんとなく、クラスのみんなとズレているらしかった。コータはドリフには興味がなくて落語が好きだったし、ガンプラよりタミヤの戦車の方が良かった。一番好きだったのは、1／35のFlak36/37だった。ドイツの88㎜高射砲だ。箱の中に何段にも重なったランナーに付いたパーツ、その呆れるほど細かい部品にクラクラしながら、一週間もかけて組み立てたのだった。みんなが「ガンプラのヨゴシって知ってるか」などと言っている頃、コータはツェンダップの軍用サイドカーにドライブラシでウェザリングを施していた。

コータは理科が好きだったが、教科書は正直、退屈だった。一読すればだいたいわかったからだ。専門ではない先生が理科を教えている時など、コータの方が詳しいことさえあった。図書室に行って本を読むのも好きだった。低学年の時から高学年向けの本棚を漁り、いろんな本を読んだ。その中には怪人二十面相やシャーロック・ホームズ、怪盗ルパンなどもあった。

そして、今日、コータは本物の暗号に出会ってしまったのである。変なシールにはこう書いてあった。

まっっったく意味がわからなかった。「たイコールはそやアットもりたはち」？　いや、「でんぱち」かも。それでもやっぱりわからない。

た＝はソヤ＠杜田八

コータはどきどきした。＝があるということは数式？　これは本当の暗号なのではないか。誰かが秘密に通信しようとしている？　ホームズの『踊る人形』とか、ルパンの『８１３の謎』みたいに。

コータは慌ててあたりを見回した。だが、猫が一匹歩いているだけで、怪しい人影はなかった。

どうしよう？　コータは迷った末、そのシールを剥がそうとした。だが意外にしつこくて剥がれそうにない。仕方ないので、コータは国語のノートの後ろに、その暗号を書き写した。

家に帰ってご飯を食べると、テレビも見ずにコータは暗号に取り組んだ。百科事典を見たり、辞書を見たりしたが、やっぱり何もわからない。頭が痛くなってきたので寝ることにしたが、ハタと気付いて、ノートはベッドの下に隠した。誰かが取り返しに来るかもしれないからだ。

コータは次の日、休み時間になると暗号を解こうとした。昼休み、給食をそそくさと食べ終えると、ノートと図書室で借りた本を広げて古代文字を眺める。これは日本語ではないのかもしれない、と思い当たったからだ。線形文字A、線形文字B、楔形文字、ヒエログリフ、ルーン文字……。

「コータ、何見てんねん」

しまった。オーカワ君が声をかけてきた。オーカワ君はそこそこ勉強ができて、スポーツがうまくて口もうまい。男子にも女子にも人気だ。コータは微妙に、オーカワ君が苦手だった。

「え? いや、なんでも」

「ええやん、見せてや!」

オーカワ君は大声を出した。いつもの取り巻きの、ホリイ君やミナガワ君もやって来る。面倒だなあ、と思いながら、コータは、ノートの別のページを見せた。

「国語の宿題、考えてたんだよ」

「うわ、こいつ真面目や」

ミナガワ君が笑い出した。

「コータ、てんさいやし!」

またか。コータはうんざりした。天才、は別に褒めているのではない。からかいと揶揄と、おそらくちょっとばかりの嫉妬。アサカ君ならほんとに秀才だから、こんな絡まれ方はしない。その辺、コータはやっぱり、ちょっとズレているのだった。ああ、もう俺はほっといてくれないかな、とコータは思う。お前らと付き合ってる気とか別にないんだよ。

ふと、コータはナマデンがこっちを見ているのに気付いた。ナマデンはちょっと変わった子だ。おそらく軽い発達障害で、勉強はあまりできない。時々、突拍子もないこともやる。発音もはっきりしない。コータはつい、「いじるならナマデンの方に行けばいいじゃないか」と思った。

「ナマデンなに見てんねん!」

コータの視線を追ったミナガワ君がまた声を張り上げる。ナマデンはおどおどと、手元に目を落とした。コータはその時、ナマデンが何か光るものを持っているのに気づいた。

「うわ、なんやこれ！」

「ビックリマンや！」

ホリイ君やアオヤマ君たちが集まって、ナマデンの持っていたものを分捕る。ナマデンは「あ……」と言いながら取り返そうとしたが、悪ガキどもはあっという間にシールを取り上げ、教室に見せびらかした。

「なんなん、それ」

「そんなん持ってきたらあかんのにー」

「ナマデンのくせに、生意気や」

小うるさい女子まで集まってくる。ナマデンはその真ん中で、顔を真っ赤にして俯いていた。

コータは嵐が去ったことにほっとしたが、小さくなっているナマデンを見て、下腹がキュッと痛くなった。

放課後。コータは、美術室で黙々と机に向かっているナマデンに気づいた。そのまま通り過ぎないで立ち寄ろうとしたのは、昼間のことを謝ろうと思ったからだった。謝るというか、せめて、「お前をいじめようとしたわけじゃない」とは伝えておきたかった。

ナマデンは真剣な顔で、鉛筆のようなものを握っていた。いや、鉛筆ではない。何かもっと硬い感じのものだ。

「鉄筆だよ。知ってるかい？」

突然、美術の大石先生が声をかけてきた。先生は本当に美術が専門だったらしく、図工を担当している。美術部の先生でもある。

「ガリ版と言ってね。昔はコピーなんてないから、こうやって原版を作って簡易印刷してたんだ。僕もずいぶんやらされたなあ」

先生ははっはっは、と頭を掻く。

「彼は鉄筆が気に入ったみたいでね。よくここに来て、ずっと何か切ってるよ」

ナマデンは字が下手だ。漢字はあまり覚えていないし、手が若干不自由なのか、文字もめちゃくちゃで解読しにくい。だが、今、原版に向かっているナマデンは真剣だった。鉄筆で線を一本ずつ、ガリ、ガリと音をたてて刻み込んでいく。

今書いているのはなんだろう。ブシケソみたいに見えるが。そんな国名があったような、なかったようなと考えて、いやそれはブルキナファソだと気付いた。ブとソしか合ってない。

「彼の字は独特だが、面白いよ。あれはもはや、独自の文字だね」

大石先生はそう言って、楔形文字みたいなものを見せてくれた。普通なら金釘流というのだろうが、なるほど、これは妙に味がある。ナマデン文字か……

そこでハッと気付いた。この文字は！

コータは学校の脇の植え込みに潜み、ずっと待っていた。やがて、裏門からナマデンが出て来た。ひょこひょこと歩き出す。コータはそのあとをつけた。尾行する時は10ｍ以上離れ、相手の足元あたりを見ること。背中や後頭部を見ていると気づかれやすい。そんなに広くない道なら、道路の反対側を歩きながら尾行するとバレにくい。これは探偵術の本で読んだことだ。だが、そんなことしなくても、ナマデンは周りに注意する様子もなく、商店街の中を歩いて行く。

彼は突然、路地を曲がった。慌てて角まで行き、そっと覗く。ナマデンはまた角を曲がり、商店街の一筋裏の細い道に向かったようだ。

コータは尾行しながら、これはなんだろうと考えていた。あのシールに使われていた暗号はナマデン文字だ。きっと、ナマデンが書いていたのだ。教室で持っていた金ぴかのシールも、あの暗号が書いてあったものにそっくりだった。でも、それは何のためだろう？　犯人が何かのサインとして使っているのだろうか。ナマデンは悪事に加担させられているのだろうか。だとしたら助けないと。

ナマデンは路地を通り、煙草屋の横の細い通路に入り込むと建物の裏口みたいなドアを開けて、ヒョイと中に入った。

どうしよう？　この暗号は結局、なんだったんだろう？

コータはノートの「た＝はソヤ@杜田八」を写したページを開き、考える。いや、考えても無駄だ。様子がわからなきゃ警察だって来てくれない。コータは、その裏口をそっと開けようとした。

「おや、当店になにか御用で？」

声をかけられて飛び上がりそうになった。いつの間にか、真後ろにメガネをかけたおじさんが立っていたからだ。おじさんはコータの持ったノートに目を留めた。

「おお！　それを読んで来てくれたとは、彼もなかなかいい仕事をするじゃないか」

何のことかわからない。混乱するコータを、おじさんは「さあさあ」と店に連れ込んだ。おじいちゃんの家みたいな古い時計があって、壁には紙がべたべた貼ってある。それも「ベッド至近　布団まで0秒」とか「駅地下　通行人は多いですが誰もあなたに気づきません」とか変なことが書いてあるのばっかりだ。

「あ、あの！」コータは言った。「これ、なんなんですか！　あとナマデンは何してるんですか！」

「なま、でん？」

男は細い目をさらに細めて首を傾げた。こうして見ると、まるで太った猫みたいだ。

「その広告を見てウチに物件を探しに来たんじゃないんですか？」

「広告？」

「ええ」

男は、コータが街で見かけた、例の暗号を書いたシールを取り出した。シールが何枚も並んだ台紙の束だ。ものすごくたくさんある。

「ほら、書いてあるでしょ。『煙草屋の横』って」

「は？」

「たばこやの横」

ちょっと待て。
た＝はソヤ＠杜田八
「＝は」はちょっとズレているが、「ば」じゃないのか。他のものもそのつもりで考えてみる。
ソ↓こ
ヤ↓や
＠↓の
「杜」は多分、縦線が二本だ。ちょっと太い。すると
杜田八↓横
まとめると、
「たばこやの横」

「ナマデン!!」

コータは思わず叫んだ。ちくしょう、あいつは字が下手な上に大きさも間隔もムチャクチャなんだ。それを鉄筆だかでガキゴキ書けば、ナマデン文字で描かれた暗号の出来上がりってわけだ。

「あー、ナマデンって、生田君ですか。なるほどなるほど」

男は丸メガネの奥で笑った。

「まあ、そうですな。あなたはそんなに必死に物件を探しているようには見えませんからな。生田君を追いかけてここまで来てしまった、と」

まあ、追いかけてというか、尾行して、だが。

「まあいいでしょう。サービスで、物件を紹介しときましょうかね」

男は細い目で、ニーッと笑った。

「シェア物件、管理人常駐です」


それから、コータは美術室で本を読むようになった。オーカワ君たちは校庭で野球やキックベースに夢中だから、こっちには滅多に来ない。仮に来ても、あんまりうるさかったら大石先生が「静かにできないなら帰りなさい。芸術の邪魔をするんじゃない」と言ってくれる。薄暗い、絵の具の匂いがこもった部屋は、とても落ち着いた。

そして、ちょっと離れたところではナマデンがやっぱり謎のナマデン文字シールを量産し、時々顔を上げて「にこーっ」と笑う。目があうと、コータもふふっと笑う。

大石先生は一人で絵を描いている。

あなたが釣りをするときに

メイ

その日も空は青かった。ポコリ、ポコリと、気まぐれに丸められた綿菓子のような雲が、二つ三つ浮かんでいる以外は。

昔と比べると、ほとんど漁船のいなくなった港の桟橋。その先っぽに、小太りの男がちょこんと座っている。釣り糸を垂れながら。鳶が上空を旋回している。お目当ては、男の横にある小さなプラスチック製のバケツだ。くるーり、くるーり。その水色の容器に何もないことを確認すると、鳶は徐々に距離をあけながら離れていった。見る見るうちに、黒色の点になる。

男は丸い鉄縁メガネを外して、ハンカチで拭くと再びかけ直し、肩をぐりぐりと回した。彼は月に一度、必ずこの桟橋にやってくる。魚は獲れる日も獲れない日もあったが、あまり気にしていないようだった。

「そろそろかな」

男は腕時計を見ようとして、ふっと笑った。彼女との約束で、この日だけは時計を見ないで過ごそうと、家に置いてきたのを思い出したからだ。

カッ、カッ、カッ、カッ。

コンクリートに硬いものがぶつかる音が遠くからやってきて、男の後ろで止まった。

「ごめんなさい。また、待たせちゃったわね」

少しかすれているけどおっとりした声が聞こえ、小柄な老婦人が男の脇からひょっこりと顔を出した。

「これが歩きづらくて」

老婦人が視線を落とした足元には、踵の高いピンク色のサンダルが光っていた。

「サマンサタバサっていうんでしょ？　まるで呪文みたいね」

「姉さん。それは少々、若者のファッションに染まりすぎではないですかね」

と、男がやんわりツッコミをいれると、

「だって美しかったんですもの。月に一度しかこんな経験ができないのだから、やりたいことは全部やっちゃわないとね」

と屈託なくほほ笑む。姉さんは昔からそうだった。やりたいことは全部やりたい子どものような人。そのせいかどうかは知らないが、彼女は早くに家を出て行ってしまった。「お昼は食べてきたの？」

男が首を振ると、老婦人は答えを予想していたかのように、バスケットからランチョンマットをふわりと取り出して、コンクリートの上に敷いた。そこにサンドイッチと、水筒から注がれた湯気の立つアールグレイティー。

「どうぞ、わたしは食べてきたから」

男が鼻をぴくぴくさせながら頬張るのを満足そうに眺めて、老婦人は話を切り出した。

「で、あのステッカーはもう仕上がったの？」

「はい。ようやく新しいのが完成しそうですよ。ウチの新人のおかげで」

「いくた……くんと言ったわよね。あの文字はとってもキュートで素敵だったわ」

「そうなんです。この間は、彼のクラスメイトが、広告と知らずに店に飛び込んできてしまって、少し面喰いましたけどな」

男は、姉の前でも口調を変えなかった。しかし決して心を許していないわけではなく、元来こんな調子なのだ。その話し方がヘンだと言って、子どものころはよくからかわれたものである。

「でも――」と感慨深そうに、老婦人は男の顔を覗き込む。「その男の子のおかげで、新しいステッカーができることになったわけね」

「生田くんはコータくん、と呼んでましたけどね。彼が『ビックリマンシール』というお菓子のおまけに例えてくれたおかげで、アイデアを思いつきました」

男はリュックの中をごそごそとかき回し、台紙を取り出した。そのとき、チャックが男の袖に引っかかり、手首が露わになる。そこには線で引いたような無数の傷跡があった。男は慌てたようにシャツの袖を下げようとする。老婦人はその手をとりやんわりと止めた。カモメが遠くで鳴いている。

「もういいじゃない、わたしの前では隠さなくたって。それは決して弱さの証拠などではないわ」

男は眉を下げて、困ったような、ほっとしたような表情をしてうなずき、再び台紙を差し出した。

いつもの、メガネ猫の顔が描かれた、グックソのステッカー。

「わぁ、これめくっていいかしら？」

男の言葉を待たずに、老婦人は透明なマニキュアを塗った細い指先で、ステッカーの端からめくっていく。すると、その下から新しい文字を刻んだステッカーが現れた。

ガ1＝ティヤソ・丰ャシト

0120－×××－××××

老婦人は、手を叩いて歓声を上げた。

「素敵なガーディアン・キャット！　これで助けが必要な子に、もっと会うことができるわ」

男の姉は、とある法人団体を運営していた。それは天国にいる猫たちを悲しみにくれる人たちの心に派遣する事業である。

「実はうちのメンバーたちも、このイクタ文字が気に入っちゃってね。人間の文字なんてもともと読めないくせに。いや、でもだからかしら。決して上手ではないからこそ、少しでも伝わるようにってという一生懸命な気持ちが、猫には見えるのかもしれないわね」

「そうかもしれないですね。切実に逃げ場を探す人間にとっても、まっすぐな気持ちが何かの形になって見えるんだと思いますよ」

「あのコータくん、ウチのアドバイザーになってくれないかしら。各国からの猫たちへのオファーが増えすぎて、ラリー1人じゃ対応しきれなくて」

「姉さん――」

男は苦笑いしながらたしなめるように言った。サンドイッチは、とっくになくなっている。

「コータくんはまだ小学生ですよ？　雲の上はまだ早いでしょ」

「あ、そうだった！　あと50年は待たなきゃいけないかしら」

「いや、その50年で我々の稼業なんて必要なくなることを望みますよ」

「その通りね。じゃあわたし廃業したら、今度は猫たちと合唱団でも始めようかしら。世界中を歌って回るの」

「それは面白い。ならばウチの事務所は、イクタ文字やミノリ文字でポスターを描きますよ」

「デザイン事務所に転向ってわけね。お互いしぶといわね」

「そりゃ、ここに来るまでいろいろありましたからね」

男は桟橋の上にあおむけになった。老婦人も同じ体勢になって、空を仰ぐ。サンドイッチに気づいた鳶が再びやってきたが、男のあまりの早食いっぷりに、キョトンとして飛び去ってしまった。
ふふふふっ
老婦人が堪えきれない様子で破顔する。
むははははは
男も思わず声を上げた。普段見せないような笑顔で。
さびれた港町の桟橋に、いつまでも笑い声が響いていた。
まるで屈託のない子どもたちのように。

クラウド・データ

鳥紅庵

浩太は椅子に座ったまま大きく伸びをすると、目薬を差した。座っての作業が多いので購入した、高機能なデスクチェアだ。これとウレタンクッションは手放せない。目の前には24インチのモニターが2面。彼はゲームプログラマーである。

小学校の頃、彼は浮き気味だった。美術室で黙々と本を読んでいる時間は幸せだったが。中学に上がって、新しい友人が増えると、同級生たちとの関係性は少し変わった。一言でいえば、世界が少しだけ広くなった。さらに彼の世界を広げてくれたのは、ゲームとパソコンだった。彼はプログラムを覚え、マイコン雑誌を参考に、簡単なゲームなら自分で作れるようになった。

高校ではマイコン部に入った。そこにはいわば、彼の「仲間たち」がいた。「同士」と言ってもよかった。むしろ、その世界では自分がごく普通だということに気づき、物足りなかったくらいだ。いわゆる青春らしいことは何もなかったが、彼は黙々とプログラムを書き、ゲームコンテストに応募した。

大学では情報工学をやり、ゲーム会社に就職。ゲーム機、PCゲーム、さらにスマホ向けのソーシャルゲームを開発し、今ではソシャゲの顧客管理が業務の大きな部分を占めている。

それはゲームクリエイターとしては物足りない部分があったが、彼のもう一つの顔には重要でもあった。

デスクの後ろを、同僚の上原が通りかかった。

「顧客の属性分析か？　C層とT層が多い？」

上原はヒョイとモニターを覗いて言った。そう、確かに間違いではない。

「ああ、そんなもんだ。子供が多いと将来性の確保になるからな」

「金払わんけどなー」

上原は笑った。それも正解。会社として儲けが出るのは、大学生から社会人、M1、F1層向けのソーシャルゲームだ。ハマればたっぷり課金してくれる。その点、子供向けのコンテンツは課金制にしにくい。だが、浩太のプロデュースするゲームは、子供向けが多かった。


帰宅した浩太は、パソコンを起動した。仕事用とほぼ同等のハイスペック機だ。データのバックアップも大容量のストレージとクラウドを組み合わせ、無停電電源も準備。仕事柄といえばそうだが、それにしても、プライベートで使うには重武装だ。

薄めに作ったウィスキーの水割りと、ドライフルーツ入りのクリームチーズをサイドテーブルに起き、PCをサーバーに接続。ソフトを立ち上げる。会社で見ているゲーム管理用ソフトに似ているが、ちょっと違う。このソフトはゲームプレイヤーのパーソナリティを収集するためのものだ。浩太の自作である。

ゲームの種類、キャラの選び方、操作の癖、反応時間、リプレイの数、プレイの時間帯。そういった情報はプレイヤーの人格や生活を表象している。もちろん、「ピンクは女々しい」「昼間もゲームをやってるのは不良」といった単純な決めつけではない。その背後には、膨大なビッグデータと、人格モデリングに関する詳細な研究結果がある。様々な兆候から病気を見抜くようなものだ。それは浩太のゲーム管理者としての仕事の一部でもあったが、彼の副業にも必要だった。そして、大っぴらにできることではない。個人情報を勝手に収集するのは違法。そんなこと百も承知だ。

膨大なユーザーの中から、いくつかの特徴を持ったパーソナリティをハイライトするように設定。検索が始まる。もちろん、そんな膨大なデータを、個人向けとしては高性能とはいえ、たかがパーソナルコンピュータが処理するのは無理だ。その辺の作業を高速で行うのは、外部にあるマシンだ。クラウドサーバーを通じて、向こう側の強力マシンと浩太のワークステーションが繋がっている状態。処理と転送を待ちながら、クラウドの向こうにあるのは一体どんなマシンだ、と浩太は考える。彼がやったのはゲームからデータを抽出するシステム構築で、向こう側のメインフレームの構築には関わっていない。スーパーコンピューター「京」であっても不思議はない。システムはクラウド上にある。そう、文字通りの、クラウド上に。浩太はこれを「クラウド・データ」と呼んでいた。

処理が終わった。抽出されたのは2例。

「2例、か……」

1例は微妙なところだった。システムは境界線上とスコアしている。ほとんどの特徴はごくありきたりだが、周期的にゲームのプレイ時間が伸びるのが気になった。その直後はプレイスタイルが変わる。週に一、二度、ゲームをやっているしかない時間があるような。そして、その時間が、プレイスタイルを変化させるほど心理状態に影響しているのか。

いや、もちろん、特定の日にだけ、ゲームを許されているのかもしれない。それではしゃいでいるとか。週一でおばあちゃん家に行っているとか。同じゲーム機を2人で使っているとか。なんとでも考えられる。

もう1例は気になった。特定のキャラに対して反応がバラつくのだ。プロファイリングによると、母性キャラクターに対してネガティブ・ポジティブ両方のリアクションが見られ、しかも両極端だ。もちろん、ゲームの戦術をいろいろ試しているだけかもしれないが、あるいは？

浩太はそのユーザーをチェック。自動的にIDや判明している属性がファイルに書き出されて保存される。

「調べてみるか」

浩太はソフトを操った。IDから、氏名、年齢、ハンドルネームを検索。これはアプリをダウンロードする際、アンケートとして紛れ込ませた質問だ。もちろん好き勝手に書き込み可能な氏名や年齢が事実かどうかはわからないが、ある程度の参考にはなる。

続いてゲームへのアクセスポイントを検索。屋外でキャラを探す要素も持たせているので、場所がある程度絞れる。ふむ、S県K市か。

ついでだ。浩太はさらに、そのIDに対して情報送信を指示。スマホの電源が入っていれば自動的にバックグラウンドで処理される。大した容量の通信ではないので、例えスマホを使用中でもパフォーマンスが低下する心配はない。このゲームには写真を撮る場面があるが、その画像データとE

ＸＩＦ情報を転送。そこにはＧＰＳ情報も含まれている。転送された情報は複数のプロキシサーバを経由して、浩太のところに届く。

ＧＰＳ情報から、居住地域はＳ県Ｋ市で間違いない。ゲームのためにわざわざ出かけたのではないようだ。写真の撮影地点はどれもごく近い。家からあまり遠出していないのだろう。このぶんでは、ハイドアウトやサードプレイスもないようだ。

送信されてきた写真（ユーザーのギガを食い潰さないよう、サイズは縮小されている）を見て、浩太はちょっと嫌な予感がした。どんな写真を撮ろうが自由だが、妙に空の写真が多い。映える写真を狙ったとかではなさそうだ。

彼はスペシャルファイルに情報をリンクした。これはいわば「要注意ファイル」なのだ。彼のクライアントと分析結果を共有。先方にデータ更新の通知が行くはずだ。

しばらく他のＩＤをチェックしていると、デスクに置いてあったＰＤＡが、「ぴろ〜ん」と軽い音を立てた。スカイプで誰かが呼んでいる。

タブレットを取り上げた浩太は、スカイプを立ち上げ、自分の前に置いた。ブルートゥースのイヤホンを耳につける。スカイプを操作し、Mew Lingual モードに。通話相手は２人だ。

「コータさん？　こちらガーディアン・キャット Inc. です」

「ニャア」

１人目は洒落たスーツを着こなした年配の女性。２人目の通話相手は、まごうかたなき、猫だった。

Mew Lingual モードによって、猫の鳴き声には同時通訳で字幕がつく。なんとも恐ろしい機能だが、向こうで開発されたものらしく、ソースコードはおろか、どういう仕組みなのかも全く知らなかった。だが問題もあった。今、猫が写っているウィンドウの下には「続けざまの打ち返しニャ」と表示されている。まったく、相変わらず日本語の機械翻訳の精度が低すぎる。そこは「ラリーだニャ」だろう、と浩太は苦笑した。なんでLarryとRallyをまちがうんだ？　まあ、こっちの言いたいことはラリーにはちゃんと伝わっているようだから、今のところ問題はないが。

「さっき最新のクラウド・データを送りました。確認してくれましたか」

「ええ、見ましたわ。１人目はたぶん、大丈夫。近くの猫が見てくれたから」

「２人目は？」

「いやな感じね」

ＣＥＯは眉を寄せた。事務長のラリーがヒゲを震わせると、字幕には「ニャニャニャ、予感です、予感がしますニャ」と出る。だから、この機能拡張作った奴出てこい、と浩太は思った。

「わかりました。じゃあラリー、誰か向かわせてくれ」

ラリーの表情がわずかに動いた。字幕は「合点ニャ」。

「コータさん、おかげでずいぶん助かってるわ」

ＣＥＯは浩太に笑いかけた。浩太の副業は「ガーディアン・キャット・ドットコム」。ソーシャルゲームの情報から猫が必要な子供たちをスクリーニングし、必要なら実地調査、あるいは即座に猫の派遣が行われる。そんな「猫のマッチングサービス」を知ったのはだいぶ前だった。教えてくれたのは猫田とナマデンだ。で、手が足りないというので、浩太がＩＴ技術で協力できると申し出たのだ。

もちろん、当時駆け出しだった浩太にできることはあまりなかったが、20年ちかくかけて今のシステムを構築してきた。

「あなたがこのアイデアを思いついたおかげね」

「猫の手も借りたい様子でしたから。もっとも、まさか、クラウドサーバーが本当に『雲の上』だとは思いませんでしたがね」

浩太は口の端で苦笑した。

「こっちのシステムと互換性があってよかったわあ。こちらに、なんと言ったかしら、有名な方がいらっしゃるので手伝ってもらったのだけれど」

「ああ、だいたい見当はつきます。にしても……毎週のように要注意な子が見つかるなんてね」

「そうね。本当はね、弟と話していたんですよ。あなたがこちらに来て手伝ってくれるようになる頃には、ガーディアン・キャットなんていらなくなっていればいいって」

「ああ……まあ、そりゃそうですがね。僕が死ぬまでには実現しなさそうだな」

「そうね」

「何にしても、僕が死ぬまで何十年も待つことはないですよ。今すぐどうにかできるなら、僕の技術で何とかしたい」

「弟が言っていたわ。あなた、イクタ君を助けるつもりで尾行してたんですって?」

「助けるなんて大層なもんじゃないですがね。まあ、なんていうか。偉そうにあいつをいじって、反撃しない相手をいたぶって遊んでるようなやつとは一緒にされたくなかったから」

「ふふ、男の子ねえ。イクタ君は元気？」

「ええ、今じゃ立派なアーティストですよ。こないだは森美術館に作品が展示されたんだっけな。小学校の同級生と結婚したのは知ってますよね？　意外だったけど」

「あら。運命や才能はどこに転がっていて、誰が運んできてくれるか、予想もつかないものでしてよ？　彼が芸術家として活躍するなんて、あなたも思わなかったでしょう？」

「ま、そうかもしれませんがね。秘密の隠れ家みたいにね」

「そう、秘密の隠れ家みたいに」

ＣＥＯはふふ、と笑った。浩太も目尻を下げて、懐かしそうに笑う。それから、ふと思い出して言った。

「そうだ、もし機会があれば、ですが、Mew Lingual の日本語エンジン、僕に改善させてくれませんか？　精度低すぎですよ。時々意味がわからない」

「ふにゃあ」

ラリーが鳴いた。字幕には「君は自身の仕事を心しているニャ」と書かれていた。

それ、〝Mind your own business（大きなお世話だ）〟の誤訳じゃないだろうな？　と浩太は眉根を寄せて、ラリーの顔を見た。

ボクはここにいる

メイ

カシャ

少年はふらつく身体で、スマホの脇についているシャッターを押し、空の写真を記録した。公園の土管の中は日陰で風が通る分だけ、炎天下の外より少しだけ涼しかった。「家の中ではエアコンをつけるな」と、ある人から命じられていた。だからここにいる。もうここしかなかった。

「ごめんなぁ、泰造。また空しか見せてあげれなくて」

少年はすっかりか細くなった声で、スマホの画面に話しかけた。

泰造はスマホゲーム「ねこらいふ」のキャラクターで、真っ白くて小さな子猫だった。プレイヤーは、ネコと一緒に散歩をしたりミニゲームをしたりして、仮想の街の日常を楽しむ。GPS機能で現在位置が記録され、実際の移動距離が「おさんぽイント」として加算される。ポイントが貯まるごとに、なぞなぞや猫じゃらしで遊ぶなどのイベントが追加されるのだった。

ネコの名前は、プレイヤーが自由に登録できる。少年は昔母親が好きだったお笑い芸人の名前をそのまま借りた。母親は去年離婚して、父親は家を出て行った。入れ違いのように、知らない男の人が家にやってきた。父親よりずっと若かった。母親はお笑い芸人より、そして自分より、その男の人が大切なようだった。

まもなくその男の人は家のルールを勝手に決め、少年に「オレの前には姿を見せるな」と言った。そして「家のものを食べるな」とも。母親は、はじめこそ少年をかばったが、結果的には男の人の言いなりになった。だから少年は、大人たちが家にいるときは子ども部屋に引きこもり、彼らが出かけたときを見計らって台所に現れるようになった。母親の困った顔は見たくなかった。

お腹はペコペコだったが、食べると形が変わったり数が減ってしまうような物では、すぐにバレて叱られる。少年は牛乳をコップに一杯注いで、勢いよく飲んだ。そしてギリギリのところで我慢して半分残すと、その中に生の米をひとつかみ入れた。男の人は夕方まで帰ってこないはずだから、それまでにお米がふやけて柔らかくなるはずだ。少年が小さかったころ、風邪をひいたときに母親がよく作ってくれたミルク粥をもう一度食べたかった。

しかし、外で車のエンジン音が僅かにしただけで、心臓が早鐘のように鳴る。あの人が帰ってきたのではないか。早く部屋に戻らなければ、また痛い目を見る。そう思うと居てもたってもいられず、硬い米粒のまま、牛乳を飲み干してしまうのだった。

学校があるときは給食が食べられるからまだよかった。だが、それもない夏休みは地獄だ。空腹のせいで、あれだけ得意だった算数も、計算を解ききるまで集中力が持たない。放課後クラブでエースだったサッカーも、スタミナが切れて走れなくなった。体重が減ったとはいえ、その変化はまだ周囲の知るところではなかった。小学5年生といえば、反抗期がはじまった生徒もいる。

「勉強やスポーツのヤル気がなくなっただけ」

担任やクラスメイトの目には、そう映ったかもしれない。

「ボクは何にもできなくなってしまった」

少年は、絶望的な気分になった。


自信を失った少年をほんのひとときでも癒してくれたのが、無料アプリの「ねこらいふ」だった。アプリには育成システムの一環として、ネコに写真を見せて写っている物の名前を教えるという機能があった。少年が最近空の写真ばかり撮っているのは、決して空が好きだからではない。夏休み中にすっかり体力が落ちてしまい、寝転がってばかりいたからだ。仰向けになったまま、まともに撮れるのは空しかなかった。晴れていようが曇っていようが、何でもよかった。


泰造は子猫でまだモノを知らないから、毎日同じ空の写真でも喜んでくれた。

「▽しゃしんを見せる」のタブをタップして、カメラを起動させて写真を撮る。

次に「▽なまえをおしえる」をタップして、少年は声を吹き込んだ。最近誰とも話してないから、痰が絡んで上手く声が出なかった。


泰造‥

「ソニャ?」

「ノニャ?」

「ソラ」

「そら」

「空――――！」

少年は仰向けになって、土管からだらりと頭と腕だけを出した。

「泰造、お前はいいよな。毎日同じことの繰り返しでもそんなに楽しそうで。ボクは……この先に楽しいことがある気がしないんだ」

ジリジリと太陽が照り付けるが、もう避ける気力もなかった。頭がぼーっとして、目の前がだんだん暗くなっていく。死ぬってこんな感じなのかな。

シャン、シャン、シャン、シャン

そのときだった。

聴こえてきたのは、賑やかな鈴の音。空から舞い降りるように、トナカイに引かれたピカピカの大きな橇が近づいてくる。中には10匹以上はいると思えるネコたちがぎっしり詰まっている。

ああ、きっと天国から迎えに来たのか。少年は起き上る気力もないまま朦朧とした頭で考えた。と、橇の中から、ぴょこんと一匹の子猫が飛び出した。

「らめ、らめぇぇぇ〜〜〜〜！」

真っ白な毛玉のようなネコは、たたたたっと少年のもとに駆けてくる。

「た、泰造ッ!?」

「おまえ、げんきないの、らめぇぇ〜〜〜」

橇の一番先頭にいた茶色と白のトラネコが、その様子を見ていて、たしなめるように言った。

「ちょっと泰造、落ち着けよ」

胸元に派手なネクタイをつけている。きっとこの橇の中では偉い立場なのだろう。一度伸びをしてからひらりと飛び降りた。髭をひくつかせながら、ゆうゆうとこちらに歩いてくる。

「よう、少年。俺たちはガーディアン・キャットInc.だ。詳しくは聞かないでほしいのだが、君を見守っていたとあるシステムから通報があり、君を助けに来た」

少年は目を丸くして、トラネコを見た。

「俺たちは見ての通りネコなので、君に直接食糧を提供することはできないが、その手助けはできる。もしくは――」

とトラネコが口ごもると、泰造がフゥーーーッ！と逆毛を立ててトラネコを睨んだ。

こういう状況には慣れているのだろう。トラネコは一呼吸置いてから表情を崩さず続ける。

「この橇に乗って、苦しさや悲しさを感じないですむ場所に行くこともできる」

それは、空腹や恐怖、母親が遠くに行ってしまったような寂しさを忘れられるということだろうか。

少年の心は動いた。残った力を振り絞って尋ねる。

「そこは、どこなんですか？」

「雲の上だ。俺たちのお母さんみたいな人が待っている場所でもある」

みゃおーん。ネコたちが一斉に鳴いた。「お母さん」が恋しいのか。

「ただし、そこへ行ったら、もうここへは二度と戻れない」

泰造がまた毛を逆立てる。少年のズボンをがじがじと噛んで
「らめぇぇぇぇ〜〜〜〜！」

と叫ぶ。

「みるく、おかゆ、またある！　そら、また見たい！」

少年の胸元に飛び込んできた泰造からは、なぜか母親がいつも着ている洋服の匂いがした。小さいころに背中におぶわれていたときの懐かしい匂い。悪い思い出ばかりじゃなかった。少年の目頭が熱くなり、鼻の奥がつんとする。

「母さんに会えないのは……ヤダ」

みゃおーーーん。それを聞いたネコたちは、また一斉に鳴き声を上げた。次々に橇から降りて、少年の脇や首、お腹の上などに陣取り、もふもふと丸まっていく。それは、たくさんの、命の塊だった。

なんて温かいんだろう。こんなに小さなネコたちが、ボクを心配してくれている。

再び少年の身体に力がみなぎる。少年は頭を起こして立ち上がった。

「ありがとう、トラネコさん。でもボクは、まだここに残ります」

偉そうなトラネコは、ほっとしたような顔をした。

「そうか。それが君の選んだ道か。ならばせめて、この儀式をさせてくれ」

トラネコは、泰造に目配せをした。泰造は、また少年のズボンを口で引っ張る。

「おまえ、すまほ　出す。おれ　まかせろ！」

何が何だかわからないまま、少年はポケットからスマホを引っ張り出して泰造に向けた。泰造は助走をつけながら、前脚を振りかざす。

「にゃっーーーぷでーーーーーーとぉぉーーーー!!」

肉球がスマホの画面にぶにっと押し付けられる。すると、その跡がまるで光るスタンプのように眩く輝きだした。あまりに強烈な光に、ネコたちも橇も少年自身も消し飛び、少年は意識を失った。

＊

ヒグラシが鳴く夕暮れ。少年は公園の土管の中で、眠りこけていた。

にゃおう、にゃおう。白い子猫が、少年の鼻先を舐めている。

その手には、スマホが握られていた。画面には公園付近の地図が起動している。地図には、子どもが無料で食事をすることができる「こども食堂」への道筋が点滅していた。少年はきっと、今夜は温かいご飯にありつけるだろう。

無料アプリ「ねこらいふ」には、裏の顔があった。ユーザーの行動パターンから、支援が必要な子どもを逆探知し、必要な情報を送れるように強制的にアップデートするというものだ。とあるゲームプログラマーらが始めた試みは、かつて同じ状況下だった者たちの大きな賛同を得て、政府を動かすまでになった。テスト地区としてS県から始まったプロジェクトは、これから全国に広がっていく。

そう今朝のニュースが報じていた。

食堂招き猫

鳥紅庵

その食堂は、商店街から一本入った路地、煙草屋の向かいにある。

女将さんは気っ風のいいオバちゃんだ。今日も店の前を掃除しながら、関西弁で「おはよう！ちゃんと朝ごはん食べたか？　はよ行きや、遅れんでー！」などと子ども達に声をかけている。もし、上目遣いにじーっと見つめる痩せた子がいれば、即座に太った体を翻し、店の入り口のテーブルに並べてある、おにぎりを持たせる。あるいは、「ええよ、食べて行き！」と店に入れてやる。

中には、店に座ったまま、足をぶらぶらさせていつまでも学校に行かない子もいる。だが、オバちゃんは叱ったりしない。

「どないしたん、学校行かへんの？」と優しく聞くだけだ。その子が首を振ると、「そうかー、ほなええよ。勉強しとくか？　本でも読むか？　絵描いてもええで」とにっこり笑う。食堂には画用紙や色鉛筆もあるし、その気になれば水彩だろうが油彩だろうが描く道具はある。奥の座敷には本棚が作りつけられて、ちょっとした図書室になっているし、教科書や参考書だってある。いずれも、この店の常連や友人たち、応援している人たちが寄付してくれたものだ。ここに顔を出して本を読み聞かせてくれたり、勉強を教えてくれたりする仲間もいる。

ノートパソコンとタブレットもある。そちらでは一人の小学生がじっと画面を見つめたまま、ブラインドタッチでマシン語をタイプし続けている。彼女は対人コミュニケーションが苦手だが、天才的なプログラマーの素質があった。ゲーム会社のエンジニアが太鼓判を押したのだから間違いないだろう。彼はその子とメアドやラインIDを交換し、本格的にプログラミングを学ぶならいくらでも支援する、と約束していた。日本でできなければアメリカでもどこでもツテはあるし、オンラインで海外と繋いで学ぶこともできるんだから、とも。

もちろん、こうやって子どもを「預かる」ことには法的な規制がある。だが、小学校からの友達だった弁護士が、そのあたりを整理して話を通してくれた。区役所や学校、児童相談所とも連携しているし、近所の交番の警官たちもこの店の常連で、子供たちの顔を把握している。仮に何かトラブルの気配があったりした時に、顔見知りなら話が早い。

さらに、医者との繋がりもあった。この店に来る子たちは健康状態に問題があることもある。これまた医者になったクラスメイトのネットワークで、この近くの開業医を紹介してもらった。仮に手に負えなくても、少なくとも病院に取り次ぐことはできる。診断書などが必要な時も、すぐ応じてくれる「勝手知ったる」医者がいるのは大助かりだ。

「オバちゃん、野菜持って来たよー!」

店の前に軽トラが止まると、タオルを首に巻いた若い女が明るい声をかけた。トラックの荷台には大根やネギ、小松菜が積まれている。運転席にはタオルを頭に巻いた男。

「いっつもおおきに!　助かるわあ!」

オバちゃんは目を細めて笑うと、象さんのロゴが入った段ボール箱を受け取った。虹色農園はオバちゃんの食堂を支援してくれている。今、野菜を届けに来た悠亜も、そのパートナーの大輝も、以前はこの食堂にいつも来ていた。この食堂で野菜のおいしさを知り、二人は農園を手伝うようになって、そのまま就職したのだ。

カウンターの端で隠れるようにおにぎりを食べていた女の子が、段ボールに描かれた象に目を止めた。丸い目でじーっと見ている。悠亜はニコっと笑った。

「かわいいでしょ、象さん」

コクンとうなずく子に、悠亜は「ちょっと待ってね」と言うと、座敷に上がった。本棚から一冊の本を取り出す。

「この象さんだよっ！」

それは、擦り切れた、おそらく手製の絵本だった。タイトルは『夜の虹』。

「あたしね、この本を読んで、すっごく元気になれたの。象さんに会える気がして」

オバちゃんがヒョイと覗き込んで、言った。

「あー、その本なー。前にな、ここのお客さんやった人に貰うてん。その子も、『お姉ちゃん』に貰ったたって言うてたわ」

「ぼろぼろ」女の子は手に取ることはせず、ぼそっと言った。

「みんな読んだからなー」オバちゃんは笑った。「けど、ＰＤＦもあるで。よかったらそこのタブレットでも読めるし」

女の子はしばらくためらっていたが、ピョンとスツールから下りると、座敷のタブレットをいじり始めた。

昼になると、食堂は昼食をとりにくる客で賑わう。今日の定食は鯖味噌だ。ご飯、味噌汁、鯖味噌、小鉢、お新香で600円。単品で大根の煮付けを追加する客もいる。昼飯どきは厨房や皿洗いを手伝ってくれるバイトがいるが、これも、もとは常連だった子たちだ。ぶきっちょで、骨を避けながら魚を食べていると遅くなって叱られてばかりだったという祐樹は、この店で初めて、心ゆくまで塩焼きを食べた。偏食だった瑞希はここでみんなが食べているのを見ているうちに、セロリも人参も鶏肉も食べられるようになった。二人とも「バイト代はやっすいけど、賄い目当てに来ているようなものだから」と笑う。

向かいの不動産屋の主人が入って来て、いつものように妙に丁寧に挨拶する。テーブルにつきながら「定食をください」と言うのも、いつものことだ。続いて入って来た二人組は親子丼とカレーを注文し、ついでに「そういえば、そこの電柱に変な金ぴかのシールが貼ってあったけど、あれ何ですかね」と聞いてきた。オバちゃんは「さあ、知らんわー。なにそれ」と答えながら、チラッと不動産屋を見る。彼は素知らぬ顔で楽しそうに鯖を食べていた。

オバちゃんは二人に背中を向けてから、ぺろっと舌を出した。もちろん、そのシールは知っている。なにせ、オバちゃんの旦那さんが作っていたこともあるのだから。旦那は芸術家で、時にはここで、子供達と絵を描いていることもある。こっそりと鉄筆のガリ版を教えることも。

そして、夕方。オバちゃんは子供達がいつ来てもいいよう、鍋いっぱいに晩御飯の支度をしている。もちろん常連客も来る。だが、この店は子供優先だ。お腹をすかせた子が来たら、大人は後回し。

「ごめーん、ちょっとそこ詰めたって！　はい、ここ座り！　気にせんでええからな、ご飯食べて行き」

「あ、俺もう帰るから。いいよ、ここ使って」

「ほんま？　ごめんなー。はいあのテーブル空いたで、座り、座り！　何食べる？」

「ただいまー」

「おかえりー！　お腹減ったか？　よっしゃ、ご飯食べ！　泰造もいっしょやろ？　猫缶あるで」

こども食堂「招き猫」。看板猫はいないが、気が向いたら、煙草屋の猫が店先に寝ていることもある。時にはその友達らしい、妙に偉そうな、蝶ネクタイを締めた茶トラも姿を見せるという。

そして、店の脇、ガスメーターの横っちょには、一枚の金ぴかシールが貼ってある。目を細めた猫の絵と、謎の暗号のような文字が描かれている。

なんと書いてあるのか、読めたものはまだいないという噂である。

エピローグ

星空の旅人

鳥紅庵

旅人は古びた革のトランクを置き、星を見上げた。駅前の石畳の広場に人影はなく、ただ、いくつかのガス灯が暖かい光を投げかけている。

悲しい思い出をめぐり、そこに物語を紡ぐ長い長い旅も、ひとまず終わりを迎えたようだった。

彼は一人で立っている。だがトランクを開ければ、様々な仲間たちが立ち現れる。画家の老婦人。ドブの匂いをさせた少年。闇を連れた理髪師。パイロット。バイク。食堂のオバチャン。

メイの思い出の中を旅するのは、自分もありったけの思い出を引きずり出し、晒すことでもあった。ごまかしは効かない。この旅は薄氷を踏むようなものであったのも事実だ。

「行先はどれくらい遠いの　もう二度と戻れないの」

旅人は古いフレーズを口ずさみながら、その続きを思い出して微笑んだ。冷たい夢に消えて行きそうだったその人に知り合えたことを、彼は死ぬまで誇りにするだろう。そして、彼の物語の旅がいくらかでも、その人の中に明かりを灯せたなら。

自分が何ほどの役に立ったのかは、正直に言って彼にはよくわからない。だが、それでもよかろう。あの画家も言っていたではないか。「どこかの辛い思いをしているお嬢さんが、あの絵を見て癒されてくれれば、それだけで満足かしらね」と。

そう、彼らはすでにそこに「いる」。誇り高いツンデレ猫も、血を吐きながら書き続ける脚本家も、本当は誰より子どもを愛するヒゲの呑んだくれも。彼らと共に旅した時間は、大事な記憶だ。

いや、実のところ、旅はもっと長かったのだ。全てを記せば、あと2冊は本がいる。詐欺師、スパイ、探偵、怪物、狙撃兵……

どこかで猫の声がして、彼は我に帰った。駅前を少し歩き、行きつけのバーを覗き込む。顔なじみのアフリカ系のバーテンダーが片眉を上げ、「いつものか?」と目顔で聞いた。

片手をあげて挨拶しながらうなずく。そういえばあの日、ここにいたら電話がかかってきたんだっけな、と思いながら。ここが旅の始まり。ボイジャーと共に星空を巡って、ここに帰ってきた。旅人はひとまず、帰郷したのだ。いつものビールを手にすると、オープンテラスに座り、空を見上げる。

それから、彼は傍のピンクの象に向かってボトルを持ち上げた。応えるように象が「ぷおっ」と霧を吹き出し、夜空に星を撒いた。

あとがきに代えて

シフォンスカート・ララバイ

エレベーターのディスプレイが到着を告げ、扉が開くと屋上に出た。

夜風がゆったりとした服の隙間を通り抜ける。星の見えない空に覆われた、光の粒の街。

ほろ酔いだった。

飲みかけのロックグラスを片手に、ひんやりとした手すりに飛びつき上半身を乗り出す。ビルの利用者向けに開放されたこのウッドテラスには、他にもちらほら人がいた。

眼下には、屋形船が浮かぶ大きな川。物言わぬ橋が数本、車や電車を通している。歩行者はいるのだろうか。赤や緑の信号が、ちかちかと誰かに合図を送っている。

私は、暗闇に溶けている人たちの生活を思った。

四角い部屋の中で明日を見る人、路地裏で涙する人、何かを抱きしめる人。

いろいろな想いが溶け合って、夜という舞台ができているのだろう。

旅は、終わった。

いや、まだ満足はしていない。

届けきれなかったレコードが、今も宇宙船の中に積み上がっているのだから。

だから、ひとまず最初の目的地にたどり着いた、というほうが正しいのかもしれない。


〈現実〉を〈物語〉で救うという戯れから始まった往復書簡だったが、私と彼はすぐに物語のラリーにのめり込んだ。相手からアンサーが届けば、昼夜を問わず、仕事を差し置いてでもすぐに読みたいし、一刻も早く物語を返したい。純粋にことばの旅が楽しかった。

ただその一方で、嘘やごまかしの通用しない、互いの内臓を引きずり出して見せあうような底知れぬ緊張感もあった。

内臓は、形の美しいものもあったが、血まみれだったり、破けて元に戻らないものもあった。中には、彼の傷もあった。暴力に身を委ねるしかなかった母や、昔取材に応えてくれた人たちの痛みもあった。私たちはそれらを両手で包み、慈しみ、できるだけ凍えないように空想の羽根で包んだり、空に飛ばしたりした。

往復書簡は約4カ月間で、120話ほどにのぼった。

動物や機械を含む登場人物を数えたら、224人にも増えていた。

一話を書き終えるごとに、一人、また一人と彼らが私の心に棲みつくようになって、冷たく暗かった世界は、だんだんと温かく賑やかなものに変わっていった。

書籍化にあたり、全員がVoyagerに乗ることは難しくなり、今回は一部の仲間たちに絞ったけど、未収録に残したみんなも影で応援してくれていたように思う。


彼らは今も、私の心に「いる」。

自分を呪い罵りたくなると、橇にぎゅうぎゅう詰めの猫たちが駆けつけ、お節介を焼いてくれる。

選択に迷って空を見上げると、CEOが笑って「好きにやってみなさい」と応援してくれる。

暴力的な衝動に支配されそうなときは、黒犬を繋ぐ鎖をぎゅっと握りしめる。

「あんたを解き放つのは今じゃない」

だが、黒犬だって、愛おしい自分の一部なのだ。

旅に出発する前は、そうは思えなかった。得体の知れない影にただ怯え、忌むべきものとして蓋をしていただろう。

もう私は一人じゃない。みんながついていている。


現実の私を知る人は、その変化に気づかないかもしれない。

だが、心の風景はがらりと変わった。

以前は、自分の血を穢れて腐敗したものだと感じていた。どろどろと臭い液体が身体を循環していて、それを悟られないようにと、他人と距離を置いてきたのだ。

でも今は、違う。

瞼を閉じると、血液が流れる音がする。

それは小川のせせらぎ、琥珀の液体がきらきらとガラスの管を通るように。馬鹿馬鹿しいと笑われるかもしれないが、その流れを感じるのがうれしいのだ。

たとえ何かの拍子に、再び血を流すことがあったとしても、ノスフェラトゥがあの美しい牙を光らせながらやさしく啜ってくれるだろう。


人にすすめられて、シフォン地のロングワンピースを買った。

薄曇りの空のように、青みがかった明るいグレー。和の伝統色としては、空色鼠《そらいろねず》とも呼ぶらしい。

純白ではないが、おだやかな日常を噛みしめるようなこの色が、今の私にぴったりだと思った。

今夜は、このワンピースを纏っている。

「ねぇ、見て見て。あの橋、ぜんぶ違うつくりになってる！」

声を張り上げようとした瞬間、ふくらんだ風が押し寄せてきた。

ワンピースの裾が大きくはためき、翼のように広がった。

ああ、この美しい織物は自分の身体と繋がっているのだ。

祈りたくなるような気持ちが、込み上げてきた。

「ふふっ、タイタニックみたいですね」

振り返ると、鳥紅庵――いや、旅のパートナーが後ろに立っていた。

ウィスキーの入ったグラスはベンチに置いて、いつ私が後ろに落ちても支えられる位置にいてくれる。私はこの人が受け止めてくれたから、どんなことばでも恐れず投げることができたのだ。

私は胸いっぱいに夜の匂いを吸い込むと、空に向かって吐き出した。

相変わらず星は見えない。

でも、星のない空にも、星はつくれるのだ。

いつからでも。そして、これからも。

吉野かぁこ（よしの・かぁこ）
1980年生まれ。日本大学芸術学部写真学科卒業。現在はフリーライターとして、地方創生や移住、狩猟、カルチャー関係、児童虐待などのテーマで取材を重ねる。虐待サバイバー。

マツバラ・ハジメ
1969年生まれ。京都大学理学部卒業。同大学院理学研究科博士課程修了。理学博士。動物学専攻。現在、博物館勤務。

Voyager――虐待サバイバー、救済の物語
2021年12月10日　初版第1刷発行

著者 ――吉野かぁこ／マツバラ・ハジメ
発行者 ―平田　勝
発行 ――花伝社
発売 ――共栄書房
〒101-0065　東京都千代田区西神田2-5-11出版輸送ビル2F
電話　03-3263-3813
FAX　03-3239-8272
E-mail　info@kadensha.net
URL　http://www.kadensha.net
振替 ――00140-6-59661
装幀 ――北田雄一郎
印刷・製本―中央精版印刷株式会社

ISBN978-4-7634-0987-4 C0036